TASCABILI ragazzi

Giunti Editore è socio di IBBY Italia

IBBY
ITALIA

Leggere per crescere liberi

Sostieni anche tu Ibby Italia, i libri per ragazzi,
la lettura e il diritto a diventare lettori.
www.ibbyitalia.it

Logo di collana: Simonetta Zuddas

Testi: Susanna Tamaro
Illustrazioni: Adriano Gon
Redazione: Elena Carloni
Impaginazione: Simona Corsi

www.giunti.it

Via Bolognese 165 - 50139 Firenze - Italia
Via G. B. Pirelli 30 - 20124 Milano - Italia
Prima edizione: ottobre 2011
Prima edizione tascabile: gennaio 2019
Prima ristampa: gennaio 2020

FSC
www.fsc.org
MISTO
Carta da fonti gestite
in maniera responsabile
FSC® C023419

Stampato presso Lego SpA, stabilimento di Lavis

SUSANNA TAMARO

CUORE DI CICCIA

illustrazioni di

Adriano Gon

GIUNTI

Grasso come un porcello

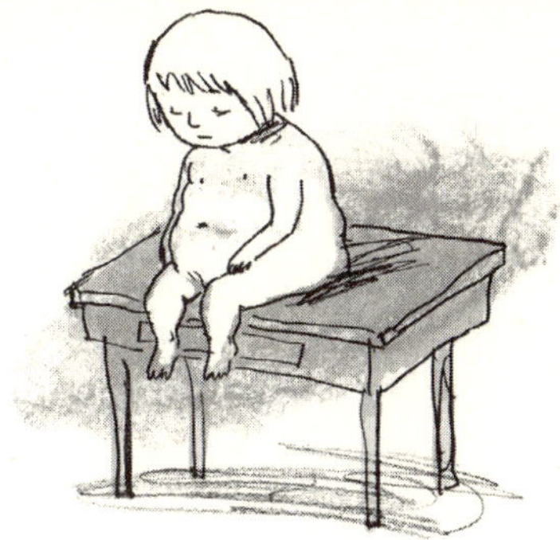

Era un noioso pomeriggio di pioggia di primavera. Michele aveva finito da dieci minuti i compiti per la scuola e quelli per il corso d'inglese. Era solo a casa e stava davanti alla finestra a guardare le goccioline leggere che cadevano sul prato del piccolo giardino. Mancava ancora un'ora al ritorno della mamma e non sapeva cosa fare. Cercò di contare gli schizzi che colpivano il vetro, ma dopo cinque minuti si trovò ancora più annoiato di prima. Con un sospiro si staccò dal davanzale e si lasciò cadere a peso morto sul letto.

"Come sarebbe bello avere un fratellino o un cane" pensò. "Se ci fossero, giocherei sempre con loro e così quell'orribile idea non mi verrebbe mai in mente, mai".

Appena detto "mai", naturalmente, l'orribile idea cominciò a parlare.

"Hai fame" diceva. "Hai fame e la tua pancia è vuota come il cestello della lavatrice, fredda come una distesa polare; hai freddo dappertutto, ti senti debole debole, le gambe non ti reggono, la vista si offusca, se vuoi salvarti puoi fare una sola cosa: alzati e vai in cucina, riempiti la pancia, saziati!"

Michele resistette alla voce ancora per un minuto o due, raccolse tutte le sue forze per combatterla; poi, lento come un robot si alzò, uscì dalla stanza, attraversò il corridoio, si fermò un istante davanti alla porta della cucina e, dopo aver sospirato, la spinse con delicatezza.

Lui stava lì, lo aspettava quietamente in un angolo. Michele lo guardò bene prima di avvicinarsi: nella penombra della camera, così lucido, così bianco, così alto, invece che un frigorifero sembrava un'innocente balenottera addormentata nella profondità dell'oceano.

Nel silenzio intorno si sentiva soltanto la sua voce discreta: «ZZZZ? Bzzz Bzzz! ZZZZBZZ».

Per altre persone probabilmente quelle parole confuse non sarebbero state altro che il brusio di un motore un po' vecchiotto, ma Michele, per la lunga amicizia che lo legava al frigorifero, era in grado di capirle perfettamente.

«Sei venuto di nuovo a trovarmi?» aveva detto Frig. «Che bellezza! Mangia pure tutto quello che c'è dentro, divora anche il burro e le uova e vedrai che la noia scappa via».

«Non devo!» rispose piano Michele avvicinandosi allo sportello.

«Bzzzzot, zzzrr! Oh via, non dire sciocchezze!» rispose il frigorifero.

«Veramente, non posso...» mormorò ancora Michele incerto.

«ZZZZZZ? Chi mai te lo impedisce?»

"La mamma" stava per rispondere Michele, ma prima che la parola gli uscisse di bocca, la sua mano era già scivolata sulla maniglia, l'aveva premuta, e subito la grande porta bianca si era aperta.

Che spettacolo meraviglioso! Indimenticabile! La mamma aveva fatto la spesa grande il giorno prima, e tutti gli scomparti, dal primo all'ultimo, erano pieni di cose da mangiare.

Michele fece un passo indietro per osservarlo meglio: sì, con quella luce soffusa e i pacchetti e i barattoli di tutte le forme e dimensioni, il frigo sembrava davvero un gigantesco e generoso albero di Natale. Prima di tuffarsi in quel ben di Dio, guardò l'orologio sulla parete. All'arrivo della mamma mancava ancora mezz'ora, doveva fare presto a compiere la missione.

Cominciò dalla maionese, afferrò il tubetto per la coda e se lo infilò dritto tra i denti: inspirando a pieni polmoni lo svuotò tutto in meno di un minuto; poi fu la volta delle lasagne del giorno prima: non poteva certo perdere tempo alla ricerca di una forchetta, e neppure rischiare di sporcarsi, per cui afferrò il primo lembo tra il pollice e l'indice, lo avvolse sul medio come fosse un cannolo e lo fece sparire in bocca.

A una a una in quel modo sparirono le lasagne, poi il mascarpone e il formaggio grana; sparì la carne cruda

per le polpette e sparirono i budini di cioccolata; sparirono a una a una le bibite e la caraffa di tè freddo, poi il prosciutto e gli involtini di pollo; sparirono tre uova, mezzo litro di latte e un avanzo di pizza.

A quel punto Michele si fermò e guardò l'ora: mancavano soltanto dieci minuti al rientro della mamma. Davanti a lui, solitari come reduci, erano rimasti soltanto tre vasetti di yogurt magro e alcune mele sgonfie.

"Bene," pensò guardandoli "ho fatto proprio un buon lavoro". E dopo un piccolo rutto di gradimento, chiuse la porta del frigorifero.

Il frigorifero lo salutò con un: «Bzzot».

Lo salutò anche lui, dicendo: «A presto!» e in punta di piedi si avviò verso la sua stanza. Lì si tolse le scarpe, si slacciò i pantaloni e si sdraiò sul letto.

Al posto del vuoto freddo nella pancia adesso sentiva un gran caldo, un teporino affettuoso che dall'ombelico si irradiava per tutto il corpo. Come si stava bene con la pancia piena! La noia se ne volava via come i piccioni quando si battono le mani e tutto il mondo intorno sembrava soffice, morbido, disposto ad accoglierti! Prima di addormentarsi, Michele si pizzicò il grasso della pancia, due rotoli spessi e sodi che avrebbero potuto essere il salvagente di un elefante; li pizzicò e tirò avanti e indietro come se fossero della pasta da pane poi, soddisfatto di sé e della vita, chiuse gli occhi.

Michele aveva otto anni e viveva con la mamma in una casetta alla periferia della città con un piccolo giardino. La mamma si chiamava Angelica e dirigeva una fabbrica di costumi da bagno. Il papà si chiamava Arturo e viveva in un appartamento non molto lontano. Aveva un negozio di automobili nel centro della città. Quando era nato Michele si amavano molto, ma poi piano piano, come succede spesso, Angelica aveva capito che Arturo non era l'uomo dei suoi sogni e Arturo aveva capito che Angelica non era la donna dei suoi desideri. Così, quando Michele aveva tre anni, avevano deciso di separarsi. Il papà veniva a trovarlo una volta alla settimana. La mamma era molto gentile con lui e lui era molto gentile con la mamma, così Michele non riusciva a capire perché mai non stessero insieme.

Una domenica, andando in gita in macchina con il papà, glielo aveva anche domandato, aveva detto: «Perché tu e la mamma vi siete lasciati?».

Il papà gli aveva risposto che non si amavano più. Allora Michele gli aveva chiesto che cos'era l'amore, ma lui non gli aveva risposto proprio niente, aveva continuato a guidare guardando dritto la strada.

Quel giorno, tornato a casa, aveva rivolto la stessa domanda anche alla mamma.

«L'amore è quando ci si vuole bene» aveva risposto lei, poi era uscita di corsa, perché era già in ritardo.

Rimasto solo aveva raggiunto il frigorifero. «Frig,» gli aveva chiesto «cosa vuol dire volersi bene?».

«Brrotzzzzup brr, brr zzzz! Vuol dire prendersi cura, dare da mangiare, scaldare!» e poi aveva aggiunto: «Zuttbrr! Io te ne voglio!».

A quel punto Michele si era fatto avanti e aveva

abbracciato la sua panciona bianca. Era vero: Frig era il suo unico amico, l'unico capace di rallegrare i suoi lunghi pomeriggi di solitudine e di noia.

L'amicizia tra lui e il frigorifero nei primi tempi era passata inosservata. Soltanto alcuni mesi dopo, quando a tavola, senza che neppure li toccasse, gli erano esplosi i pantaloni addosso, la mamma aveva cominciato a sospettare qualcosa. Stavano mangiando in silenzio e all'improvviso si era sentito quel rumore: *Zstraapp*.

«Cos'è stato?» aveva chiesto la mamma.

«Un fu... fu... fulmine fo... forse» aveva balbettato Michele.

«Non c'è neanche una nuvola, non dire bugie» aveva detto la mamma, poi sospettosa aveva cominciato ad annusare l'aria. «Guardami negli occhi! Non hai mica fatto una...?»

Michele era diventato rosso: «Oh no, mamma, ti giuro di no!».

«Non sprecare giuramenti» aveva risposto allora lei, e avevano continuato a mangiare in silenzio.

Appena finita la frutta Michele si era alzato, e a quel punto era successa la catastrofe. Dopo due passi i pantaloni strappati gli erano scesi alle ginocchia, da lì erano scesi ai piedi e si era ritrovato in mutande nel mezzo della stanza.

C'era stato un minuto di silenzio, lui non si era mosso e la mamma neanche. Poi c'era stato un urlo agghiacciante lungo pressapoco così: «Aaaaaaahhhhhhhh!!!» e la mamma, gridando con quanta voce le restava: «Sei grasso come un porcello!» era caduta dritta svenuta per terra.

A quell'urlo erano seguiti momenti terribili.

La mamma, infatti, appena ripresasi dallo svenimento, gli aveva ordinato di salire sul tavolo e togliersi tutti i vestiti. Mentre se ne stava lì, nudo come un verme e con la ciccia che a ogni respiro gli tremava debolmente intorno, la mamma era andata a prendere un metro giallo da sarti e aveva cominciato a misurarlo. Gli aveva misurato la circonferenza delle cosce e quella dei polpacci, la pancia e il torace, aveva misurato il collo, le braccia e il doppio mento, e a ogni misura, anziché stare zitta e tranquilla, gridava forte il numero dei centimetri, e dopo il numero ogni volta aggiungeva: «Che orrore! Santo cielo, che schifo!».

Una volta finite le misurazioni aveva tirato fuori da un cassetto *Il Libro del Bambino Ideale* e, parlando tra sé e sé sottovoce, aveva iniziato a confrontare i centimetri del suo bambino con quelli del bambino ideale.

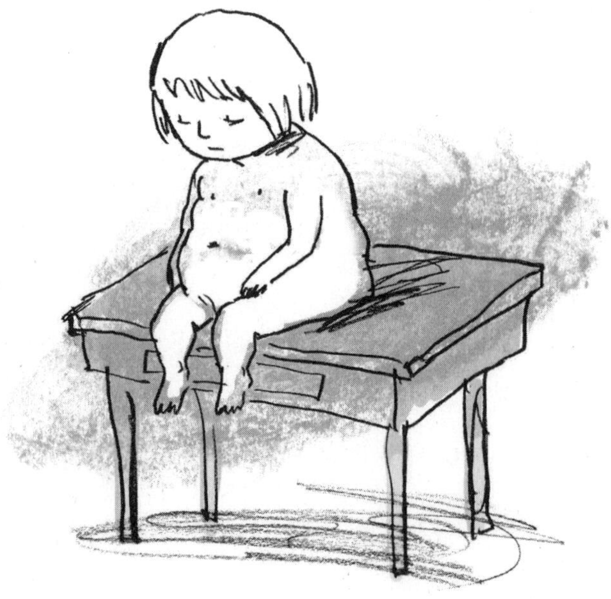

Intanto Michele stava sempre lì tutto nudo in piedi sul tavolo. Dopo dieci minuti la madre lo aveva guardato negli occhi e gli aveva detto: «È grave, ma non gravissimo! Se prendiamo dei provvedimenti tutto tornerà normale in breve tempo!».

Poi gli aveva afferrato il rotolino di ciccia della pancia, lo aveva tirato avanti e indietro affettuosamente un paio di volte e aveva detto: «Dobbiamo fare una grande battaglia insieme... e tu collaborerai, non è vero?».

«Certo, mamma!» aveva risposto Michele, che era sempre stato un bambino ubbidiente. Poi, quando la mamma era uscita con passo svelto, era sceso dal tavolo e senza neanche infilarsi i vestiti aveva raggiunto il frigorifero e l'aveva svuotato.

C'è un mistero al mondo, o meglio, ce ne sono tanti, ma uno tra tutti è il più importante, ed è questo: mentre i bambini capiscono sempre cosa vogliono i grandi, i grandi non capiscono quasi mai cosa vogliono i bambini. Credono sempre che i bambini vogliano quello che vogliono loro, invece non è vero: i bambini soltanto per essere gentili ubbidiscono, o almeno fanno finta di ubbidire.

Così, per Angelica, che come abbiamo già detto dirigeva una fabbrica di costumi da bagno, la cosa più importante era essere magri e scattanti.

Il perché è chiaro: se tutti avessero deciso di essere grassi, nessuno avrebbe più comprato costumi da bagno.

Naturalmente lei faceva grandi sforzi per assomigliare a uno scheletro. Mangiava un pranzo intero soltanto ogni due o tre giorni, e per il resto si nutriva unicamente di yogurt magri e mele sgonfie.

E non era tutto: giacché queste misure non erano sufficienti per arginare l'esplosione della ciccia, ogni minuto libero lo trascorreva correndo in giro per il giardino, facendo flessioni e saltelli.

Si pesava regolarmente la sera e la mattina, e se la sera scopriva che si era aggiunto un etto, invece di dormire andava in giardino e saltava sul tappeto elastico fino al mattino. Quando gli etti erano due scoppiava a piangere e toccava a Michele consolarla; la consolava con parole dolci, anche se della sua magrezza non gliene importava proprio niente.

Con il padre non andava diversamente: dato che vendeva automobili da corsa, e le automobili da corsa le guidano signori abbronzati e magri, anche lui doveva essere sempre magro e abbronzato. La domenica mattina andava a prendere Michele vestito in tuta e scarpe da ginnastica e, per tutto il giorno, mentre gli altri mangiavano le fettuccine e guardavano la tele-

visione, loro due correvano in giro per i parchi senza mai fermarsi.

Michele odiava correre: gli facevano male i piedi e le ginocchia, gli mancava il fiato e dopo un po' anche la vista e i pensieri, anziché starsene fermi e tranquilli, ballonzolavano da una parte all'altra della testa come bambole rotte. Michele odiava anche lo yogurt, le mele sgonfie e i bibitoni proteici, odiava andare a lezione di inglese e a lezione di computer, odiava tutto questo, ma giacché era gentile faceva tutto e stava zitto.

Così, con gli anni, i suoi genitori si erano convinti di avere un figlio proprio come desideravano, uguale identico a loro; mentre Michele, con gli anni, era diventato un bambino triste e solo.

L'orologio sul muro batté le sei in punto. Michele, che stava ancora disteso sul letto, aprì gli occhi. Ecco, entro due o tre minuti avrebbe sentito la macchina della mamma frenare davanti a casa, la porta che si apriva, i suoi passi svelti che si dirigevano verso la cucina e poi, dopo una pausa, il famoso urlo. E infatti dopo un minuto e mezzo giunsero alle sue orecchie questi rumori: *himn, crich crich, sblam, toc toc toc, squick* e alla fine: «Ahh-haaaahhhhaa!».

Michele sospirò, si raggomitolò tutto nella sua ciccia e attese rassegnato il suo ingresso nella stanza. La porta si spalancò quasi subito.

«Michele!» gridò la mamma, gialla e viola in volto. «L'hai fatto un'altra volta?!»

«Fa... fa... tto cosa, mammina?» balbettò Michele.

«Mi prendi in giro, eh? Hai svuotato il frigo un'altra volta, ecco cosa hai fatto!»

«Oh, non è vero, mammina, sono solo passato là davanti e ho dato un'occhiatina dent...»

Prima che finisse la frase, la mamma gli era piombata addosso e con due mani come artigli gli aveva afferrato la pancia. Aveva le mani fredde e le sue unghie erano lunghe. Gli tirò i due salvagenti della vita avanti e indietro: «Guarda! Guarda che schifo! Sono occhiatine secondo te queste qua dentro?».

Michele abbassò la testa e guardò la sua pancia in silenzio. Sopra l'ombelico si era formata una specie di meravigliosa tettoia che ricadeva con morbide pieghe verso le ginocchia.

«Sono occhiatine?» continuava a gridare la mamma. «È mai possibile che non ti vergogni? La ciccia ti avvolge dalla testa ai piedi come un a un tapiro! Sembri una frittella, un bombolone, una mongolfiera, un ippopotamo, un pachiderma, una balena!» gridava sempre più forte. Michele sapeva che da lì a qualche istante sarebbe scoppiata a piangere. Andava così ogni volta.

E infatti dopo aver detto "mongolfiera", la mamma all'improvviso diventò rossa in faccia, annaspò con le mani in aria, tirò su con il naso ed esplose in singhiozzi: «Tesoro, possibile che non capisci? Quante volte mi hai promesso che non l'avresti più fatto, eh? Me lo prometti ogni volta e ogni volta lo fai lo stesso! Quante volte te l'ho detto che non si può essere grassi, eh? Non ti vergogneresti se io fossi una donna cannone, eh? E allora perché io non mi devo vergognare? Oh, tesoro, perché non fai uno sforzo per volermi bene?».

«Oh, mammina, io te ne voglio!» gridò Michele.

«E allora perché non fai uno sforzo per diventare

un bambino normale? Cosa ti manca? Ti facciamo mancare qualcosa io e il papà?»

«Oh no, mammina, non mi manca niente» bisbigliò Michele, e senza che lei vedesse si asciugò due lacrime che gli erano spuntate agli occhi.

Poi andò come andava ogni volta. La mamma prese il quaderno nero con il programma di smaltimento e il metro giallo per sarti, lo misurò, lo fece salire tutto nudo sulla bilancia, poi fece i suoi calcoli di etti e calorie, e alla fine pronunciò la condanna: cinquanta giri di corsa per il giardino, cinquanta flessioni complete, un'ora e mezza di salti sul tappeto elastico e per completare l'opera, al momento di andare a dormire, due straspaventose purghe.

Michele obbedì a tutti gli ordini: corse sul prato ansimando forte, si piegò cinquanta volte, saltò sul tappeto elastico per il tempo esatto e trangugiò i due bicchieri di spaventosa purga. Poi spense la luce, si girò su un fianco e sospirò.

Avrebbe dovuto essere felice e invece non era felice affatto. Si sentiva la pancia vuota e le gambe e le braccia deboli come stracci. La voce comparve subito: "Sei triste? Consolati! Mangia!".

Per distrarsi, allora, Michele cercò di pensare a qualcosa di bello. L'unica cosa bella che gli venne in mente fu la nonna e il mese che ogni estate passava a casa sua in campagna.

Stracatastrofe!

Tutte le estati, nel mese di agosto, la mamma di Michele faceva il giro delle spiagge del Paese per vedere quanti costumi da bagno era riuscita a vendere. Nei suoi viaggi non portava mai Michele con sé. Per questo, l'ultimo giorno di luglio, andava in campagna e lo consegnava alla nonna.

Anche quell'anno andò così.

La nonna viveva sola in una casetta vicino ai boschi ed era sempre molto felice di quelle visite: fin dal mattino, con il grembiule addosso, cominciava ad aspettarli sulla porta.

Quando la macchina svoltò sull'ultima curva della strada bianca, Michele si sporse dal finestrino e, sventolando un braccio, cominciò a salutare la nonna; appena fermi, scese di corsa ad abbracciarla.

«Tesoro!» esclamò la nonna baciandolo sulle guance. «Come sei diventato grande! Vieni dentro, che ho appena fatto una crostata con i lamponi!»

«Mamma!» gridò Angelica che stava scaricando la valigia. «Quante volte te lo devo dire che il bambino è a dieta?!»

«Oddio, è malato?!» esclamò la nonna diventando all'improvviso triste.

«No mamma, sta benissimo. È soltanto grasso come un tacchino prima di Natale».

La nonna mise una mano sotto il mento di Michele e gli tirò su la testa. Lo guardò con attenzione, poi disse: «Ma no, Angelica, ti sbagli, è solo un po' robusto... e poi la torta che ho fatto non è proprio una torta vera e propria, è... è... è fatta quasi tutta di frutta... c'è solo un pizzichino di farina, un nonnulla di zucchero, sciocchezze, bazzecole e poi... poi lo sai, anche tu da bambina eri così, i bambini devono nutrirsi bene... insomma, devono crescere...».

A ogni parola che diceva la nonna, Michele vicino alle sue gambe annuiva soddisfatto con la testa.

La mamma invece non sembrava per niente contenta di quello che diceva la nonna.

«Mamma,» esclamò con un tono di voce un po' esagerato «per prima cosa io non sono mai stata grassa, e per seconda Michele ha già mangiato tanto che potrebbe vivere benissimo cinque anni senza mettere nient'altro in bocca, è chiaro?»

Detto questo la mamma salì nervosamente sull'automobile, sbatté la porta e dal finestrino aperto, con il motore già acceso, gridò a Michele: «Se quando torno ti trovo ingrassato solo di un etto, l'anno prossimo invece di venire dalla nonna andrai in collegio!».

Poi fece una brusca retromarcia e la sua macchina sparì in una nuvola di polvere in fondo alla strada bianca.

Rimasti soli, la nonna disse a Michele: «Facciamo presto, che deve essere ancora tiepida...».

In cucina tagliò una bella fetta di torta e gliela mise sul piatto: «Un po' di panna sopra, tesoro?».

«Oh no, nonna,» rispose Michele con già il primo pezzo in bocca «non posso!».

«Hai mal di fegato?»

«No, nonna, ma la panna...»

«Ma è così secca, amore mio, con un po' di panna diventerebbe più morbida... davvero non la vuoi?»

«Be', sì, nonna, ma solo un cucchiaino, per assaggiare insomma...»

Mangiarono tre fette di torta a testa; poi, giacché era il tramonto e cominciava a fare un po' fresco, la nonna preparò una cioccolata calda.

La bevvero insieme seduti davanti alla porta di casa. Il sole ormai era quasi scomparso e un vento leggero muoveva piano le fronde degli alberi.

La nonna sospirò, poi chiese: «La mamma è sempre così nervosa?».

«Nonna, non è nervosa, è scattante».

«Non dire sciocchezze: si vede lontano un miglio che ha i nervi a fior di pelle... C'è forse qualcosa che le va storto?»

«Non lo so, nonna» rispose Michele, e con il piede tracciò un solco nella polvere. «Forse perché il papà abita in un'altra casa».

«Oh, ma quella ormai è una storia vecchia!» disse la nonna, scacciando con la mano una mosca

che le volava intorno. «No, mmmh, secondo me ci deve essere sotto qualcos'altro...»

Michele sospirò: «Nonna,» chiese «tu lo sai cos'è l'amore?».

La nonna sobbalzò sulla panca: «Uh, che sbadata!» esclamò. «Che sciocca! Mi sono dimenticata di farti vedere una cosa!»

E, preso Michele per mano, lo trascinò nell'orto: lì, finché fu buio, gli mostrò a una a una com'erano cresciute le piantine che avevano seminato insieme l'estate prima.

Il mese a casa della nonna trascorse così svelto che al momento di partire Michele era convinto di essere arrivato il giorno prima.

Ogni mattina andavano insieme nel bosco, e lì la nonna gli insegnava a riconoscere le diverse specie di uccelli dal canto, le tane degli scoiattoli e dei ghiri, le erbe che si potevano mangiare e quelle che invece facevano venire la diarrea. Il pomeriggio Michele lo trascorreva sul prato davanti a casa a disegnare e la sera, davanti al fuoco, ascoltava la nonna raccontare storie che non aveva mai sentito prima.

Imparò così che sulla Terra, in luoghi segreti, erano ancora nascosti dei draghi feroci; imparò che in meno di un secondo i bambini potevano trasformarsi in animali e gli animali in bambini e che, nascosti tra la gente, giravano uomini straordinari chiamati cavalieri; imparò che senza bisogno di nessun macchinario si poteva raggiungere il fondo degli oceani, o sparire dritti dritti nei colori dell'arcobaleno.

L'ultima sera la nonna lo portò sul prato davanti a casa e disse: «Appena una stella cade, esprimi un desiderio».

La stella cadde quasi subito, Michele pensò il suo desiderio e poi andarono dentro a fare la valigia.

La mamma arrivò a prenderlo di ottimo umore: aveva venduto più costumi da bagno di tutti gli altri. Appena scesa dalla macchina misurò Michele con il metro da sarti, e fu molto soddisfatta perché non era ingrassato neanche di un etto. La nonna le offrì una cioccolata calda, lei disse che avrebbe preferito una tisana senza zucchero. Appena finito di bere baciò sua madre, disse a Michele: «Su, dai un bacio alla nonna» e salirono insieme in macchina.

Anche Michele, sebbene un po' triste perché lasciava la nonna, era di ottimo umore, così raccontò alla mamma tutto quello che aveva imparato sui draghi e sui cavalieri, e sulle magie che trasformavano i bambini in rospi o topi.

La mamma lo ascoltò in silenzio. Poi, quando ebbe finito, sbottò: «È la nonna che ti ha raccontato tutte queste sciocchezze?».

«Sì» disse Michele, già un po' preoccupato.

«E non ci avrai mica creduto, no?»

«................?!?»

«Be', mi dispiace dirlo, tesoro, ma non è proprio vero niente. Vedi, la nonna ha una certa età, insomma è un po' vecchia, e con gli anni succede questo: le idee si confondono, frullano in testa e così si cominciano a dire sciocchezze, a credere che esistano gli spiriti e cose del genere».

«Ma ho visto l'unghia di un drago, me l'ha mostrata...» protestò Michele.

La mamma sorrise: «Tesoro,» disse «prima ti togli dalla testa queste sciocchezze meglio è: ti confondono le idee e basta. Pensa all'inglese, al computer e lascia perdere i sogni che non servono proprio a niente».

Quella sera Michele nel suo lettino non riuscì a prendere sonno. Chi aveva ragione, la mamma o la nonna? Mentre si girava tra le lenzuola da una parte e dall'altra comparve la voce. Michele non cercò di resisterle neppure per un secondo, si sentiva troppo confuso e triste. Scostò le coperte, infilò le pantofole e senza fare rumore raggiunse la cucina.

Frig era sempre lì, discreto e paziente come un vero amico. Lo salutò subito: «Bzzap zap! Che bellezza, sei tornato. Mi sentivo così solo la notte!».

«Ero dalla nonna» disse Michele per scusarsi e poi, per paura che si offendesse, aggiunse: «Non c'era nessun frigorifero lì, soltanto la dispensa».

«RRRzzpp! Su, cosa aspetti? Aprimi e festeggiamo!»

Michele non se lo fece dire due volte e subito spalancò la porta.

Il panorama non era dei migliori: si vedeva che la mamma non faceva la spesa da tanto. Comunque, aprendo tutte le scatole e i barattoli, Michele trovò lo stesso qualcosa da mangiare.

Spalmò con il burro alcune vecchie fette di pane

a cassetta, trangugiò tre o quattro uova crude e un paio di budini al cioccolato. Appena cominciò a sentire il calorino del cibo nella pancia, riprese la conversazione con Frig.

«Frig,» disse «credi che i sogni facciano male?».

«Rffffz! Brrrzuuupziprr! Come ti viene in mente?!» esclamò Frig. «I sogni fanno benissimo; io, per esempio, quando mi annoio sogno sempre di essere un aereo da ricognizione, volo sopra il mondo e così mi dimentico di essere in cucina».

«E i cavalieri, insomma quelli che uccidono i draghi, esistono da qualche parte?»

«Zip, brutzzzzzzrrrrrtrrz! Oh, ma certo che esistono. È difficile vederli, ma esistono. Ti voglio svelare un segreto, avvicinati: guarda, se ti affacci dietro di me, sulla mia schiena, vedrai un pezzo di metallo che luccica più degli altri».

Michele fece il giro e controllò subito: «È vero!» disse. «È vero, c'è un pezzo che sembra d'oro!»

«Ziiprrrr, ecco, quello è un pezzo dell'armatura di un eroico cavaliere!»

«Oh, Frig, mi racconti la sua storia?»

«Brittzzzz zup zup! Adesso sono vuoto, torna domani che sarò pieno e ti racconterò la storia».

«Oh, grazie, Frig» esclamò Michele. «Sei veramente meraviglioso!» e gli baciò due volte la maniglia di acciaio.

Da quel momento in poi Michele andò a trovare Frig tutte le notti. Frig raccontava storie quasi più belle di quelle della nonna. Il cavaliere a cui era appartenuto il pezzo del suo motore era l'uomo più forte e straordinario del mondo.

Quando, con la pancia piena, tornava a letto, continuava a pensare alle sue gesta e quanto sarebbe stato bello essere forti, coraggiosi e straordinari come lui. In quel periodo la mamma era sempre in viaggio d'affari per presentare al mondo la collezione di costumi da bagno, così Michele poté andare avanti e indietro indisturbato.

Era felice delle storie che sentiva ogni notte, e dopo solo due giorni si era completamente scordato delle calorie, degli etti e di tutte quelle stupide cianfrusaglie.

Voleva diventare anche lui un cavaliere, compiere qualcosa di eroico e di grande. L'ultima sera che passò solo con Frig, prese tutto il coraggio che aveva e confessò a Frig il suo sogno.

«Frig,» gli chiese «credi che io potrei diventare un cavaliere?».

«Zipbrr! Ma certo» rispose il frigorifero. «Se lo vuoi, lo diventerai».

«Frig, ma io non conosco draghi, né streghe, né bambine diventate rane... Credi... credi che potrei fare qualcosa di straordinario a lezione di inglese?»

«Briizupsup. Non aver fretta, amico mio» rispose Frig. «Vedrai che succederà tutto quando meno te lo aspetti. Ci sono molti più mostri in giro di quanto la gente creda».

«Dici, Frig?»

«Zrrrruin! Dico, ne sono sicuro, anzi, zap zap, sai cosa facciamo?»

«Che cosa, Frig?»

«Zrrrrrr! Ti ordino subito cavaliere!»

«Ma, Frig!...»

«Grrzziiip! Non dire niente, prendi quella frittella

ammuffita che c'è nell'ultimo scomparto, mettitela in testa come una corona e inginocchiati».

Michele fece come gli aveva ordinato l'amico. Era emozionato.

Frig si schiarì la voce: «Zrrupzrupbixbrrrrzupzrrrr! Per le meravigliose azioni compiute per anni nei miei scomparti, per il coraggio eroico con cui hai affrontato la sventura delle purghe e tutti i castighi che il nemico ti ha inferto, io Frig de' Frigor, Re dei frigoriferi, ti nomino Marchese des Budins et Ciambellons e ti investo del titolo di Cavaliere con il nome di battaglia di... bzzzp... ecco... con il nome di... con il nome di... Cuore di Ciccia!». Il frigorifero fece una pausa, poi aggiunse: «Bzzzr... e ora alzati e abbracciami».

Con la ciambella unta in bilico sulla testa, Michele si alzò e strinse a sé il frigorifero con quanta forza aveva.

«Frig» disse poi baciando lo smalto bianco della porta, «è meraviglioso! Adesso sono davvero un cavaliere!»

«Bzzt... certo!» rispose Frig.

«Ma Frig!» esclamò Michele improvvisamente preoccupato. «Non so cosa fare di grande, dove andare a combattere».

«ZRRRRR, non preoccuparti» rispose Frig, che la sapeva lunga. «Vedrai che presto compirai qualcosa di straordinario, qualcosa di così straordinario che cambierà il mondo».

«Come sono felice, Frig!» esclamò Michele, poi lo baciò un'altra volta sulla porta e se ne tornò a letto.

Quella notte Michele dormì un sonno lungo e tranquillo, e per la prima volta nella sua vita sognò. Stava in piedi sul tetto della casa e vedeva la mamma che correva avanti e indietro per il giardino. Da lassù la chiamava, lei alzava il capo e urlava: «Scendi subito da lì, che sfonderai il tetto!».

«Arrivo, mamma» rispondeva lui, e si lasciava cadere giù a peso morto.

La mamma allora cominciava a strillare con quanto fiato aveva in gola. Lui, senza nessuna paura, cadeva per un po' e per un po' ancora; poi all'improvviso, quando mancavano pochi centimetri a terra, diventava un uccello bianco e bellissimo, e sbattendo le ali si allontanava dalla casa e spariva leggero oltre le nubi dell'orizzonte.

Un urlo ci fu davvero, e fu un urlo davvero spaventoso. Michele stava ancora sognando quando qualcuno gli strappò le coperte e scuotendolo come una pasta da pizza gli gridò nelle orecchie: «Ahhhaaaahhhh! Catastrofe, stracatastrofe, cataclisma! Ahhhhahhhhh!».

Era la mamma, appena rientrata dal viaggio d'affari. Michele aprì piano gli occhi e la guardò. A giudicare dalla sua faccia doveva aver fatto qualcosa di veramente spaventoso.

Prima che potesse dire una sola parola, la mamma lo afferrò per il collo, lo strappò dalle coperte come fosse un tacchino tolto dalla casseruola e gridando: «Cosa hai fatto?» lo sbatté di qua e di là per la stanza.

In breve, come sempre, si trovò nudo davanti alla bilancia. La mamma aveva già estratto il metro giallo e lo stava misurando; lo misurava e gridava: «Questa volta basta, basta davvero! Hai superato ogni limite!».

Michele con discrezione si osservò la pancia: era vero, in quelle due settimane di baldoria gli si era aggiunto un nuovo rotolino.

CAVALIERE CUORE DI CICCIA

Era piccolo, però. Tentò di difendersi: «Non sono neanche due cent...», ma la mamma lo zittì subito.

«Adesso basta, basta davvero!» gridò. «Non voglio neanche perdere tempo a misurarti. È inutile farti ragionare, inutili le purghe da cavallo, inutili i giri di corsa, e allora sai cosa ti dico? Prenderò delle misure drastiche, drasticissime! Oh sì, mio Dio, non posso neanche pensare di uscire dalla porta di casa con un bambino così schifoso, un lumacone gonfio con i pantaloni indosso!»

Detto questo, la madre uscì con passi svelti dalla stanza, sbatté la porta e lo chiuse a chiave dentro.

Di là Michele la sentì fare delle telefonate concitate; telefonò al padre e a un paio di altre persone, poi uscì di corsa e nella casa piombò il silenzio.

Michele, rimasto solo, si gettò sul letto. "E adesso?" pensò. "Cosa mi succederà?"

Durante quel pomeriggio di attesa chiuso nella sua stanza, Michele si chiese varie volte quale sarebbe stato il suo destino. La mamma, infatti, quella mattina sembrava proprio furiosa, e quand'era furiosa poteva escogitare qualsiasi cosa. A mali estremi, estremi rimedi, aveva gridato. Forse sarebbe tornata portando con sé un chirurgo: il chirurgo l'avrebbe fatto distendere sul tavolo della cucina e lì, come fosse una mortadella, gli avrebbe portato via le fette di grasso...

O forse la mamma se n'era andata per sempre e l'aveva abbandonato lì, chiuso a chiave nella stanza. Sì, probabilmente era destinato a morire di fame: secco come una mummia l'avrebbero trovato tra cent'anni e l'avrebbero esposto in un museo con sotto scritto:

"Bambino grasso del Ventunesimo secolo".

Più cose immaginava Michele, più diventava triste. Frig gli aveva promesso che avrebbe compiuto gesta straordinarie, e invece stava per fare la fine di una mortadella o di una mummia. Per consolarsi avrebbe voluto mangiare, sentire il calorino nella pancia, ma non era possibile, allora si distese sul letto e in silenzio cominciò a piangere.

Quando la mattina dopo la mamma e il papà comparvero sulla porta della stanza, Michele stava ancora dormendo. La mamma iniziò subito a vestirlo, mentre il papà riempiva con le sue cose una grande valigia aperta sul pavimento.

Siccome nessuno dei due aprì bocca, Michele per un po' continuò a pensare che stava sognando. Soltanto quando salirono tutti in macchina capì che era tutto vero. Non era un sogno, ma un incubo, perché quasi di sicuro lo stavano portando in un bosco per abbandonarlo.

A Michele, in fondo, quell'idea non dispiaceva affatto: in un bosco da solo e con la forza che gli dava il suo titolo di cavaliere avrebbe potuto fare un mucchio di cose meravigliose, uccidere un drago dietro l'altro, baciare decine e decine di rane.

Scheletrica Delizia

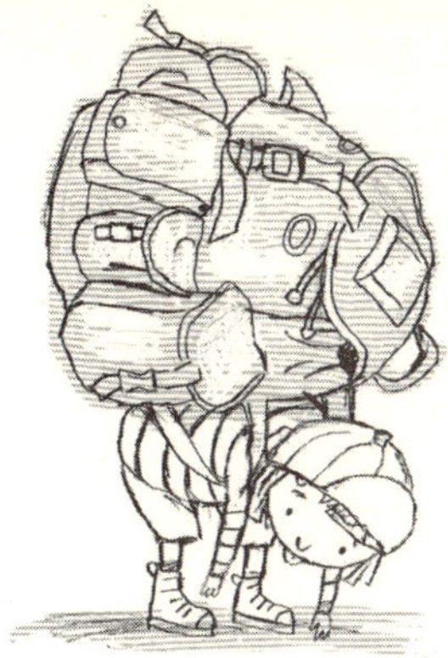

Purtroppo le vicende della vita non vanno mai in modo dritto: si pensa di essere destinati a fare una cosa e ci si trova a farne tutta un'altra. È qui il bello della vita, dicono i saggi, nella sorpresa, ma è una verità tutta da provare.

Così Michele, già pronto a essere abbandonato nel fitto di un bosco, si trovò invece nelle grandi stanze pulite dell'Istituto Acciughini.

Il Direttore li attendeva sulla porta d'ingresso. Appena vide Michele gli tese la mano e disse: «Il piccolo pachiderma testardo, suppongo».

Michele gliela strinse e rispose: «Mi chiamo Michele».

Il Direttore sogghignò: «Benvenuto tra noi».

Michele non capiva dov'era finito: si girò per chiederlo alla mamma. Con gran sorpresa vide che non c'era più. Non c'erano né lei, né il papà: se n'erano andati in silenzio, senza neanche avvertirlo. Gli venne un groppo alla gola, aveva voglia di piangere, e solo ricordandosi del suo titolo segreto di cavaliere riuscì a trattenersi.

Il Direttore lo portò nella sua stanza e gli spiegò il regolamento.

«Il portone di questo istituto» gli disse «si attraversa due volte soltanto nella vita: una volta per entrare e l'altra per uscire: si entra grassi e si esce magri. È chiaro cosa intendo, piccolo?».

«Credo di sì, signore» rispose Michele compunto. «Si tratta di una porta magica».

Il Direttore si irrigidì: dalle orecchie gli uscivano delle piccole nuvolette di fumo verde, come se da qualche parte, nella sua testa, qualcuno avesse acceso un falò d'erba.

«Prima di tutto, piccolo mio, d'ora in poi non mi chiamerai più signore, ma Sua Infinita Magrezza e, per seconda cosa,» il tono della sua voce cominciava ad aumentare spaventosamente «cancella per sempre dalla tua testa quella stupida parola "magia", e tutte le parole che le assomigliano! Non esistono magie nel Ventunesimo secolo, non esistono fate, niente di niente, ricordatelo bene, si va avanti con due cose solo: la disciplina e la volontà!».

A quel punto il Direttore raggiunse ad ampi passi la porta della stanza. Si fermò lì e Michele si accorse che le sue orecchie, oltre a mandare il fumo verde, tremavano come se volesse spiccare il volo. Era davvero spaventoso.

«Se ancora non hai capito, piccolo abbuffone,» gridò prima di uscire «da qui non uscirai finché non sarai stretto come una sardina!». Poi se ne andò sbattendo la porta e Michele restò solo nella sua stanza.

Trascorse l'intera giornata chiuso là dentro. Nessuno lo chiamò per il pranzo o la cena. Al momento di andare a dormire, la radio vicino al letto, senza che lui l'avesse toccata, si accese e cominciò a parlare.

«Buonasera, piccoli ippopotami, pachidermucci miei: sono qui, come ogni sera, per darvi il pensiero della buonanotte. Toglietevi il pigiama, guardate le vostre pance, le vostre cosce tremolanti. Siete grassi, è vero? Bene, allora dedichiamo un pensierino al mondo della natura. La natura è saggia, provvede a tutto nel modo migliore. Vi siete mai chiesti perché in giro non si vedono mai degli animali grassi? Perché non mangiano, direte voi. Sbagliato! Gli animali grassi esistono, ma durano poco. Sapete perché? Provate a spremervi i cervelletti. Riescono a correre veloci gli animali grassi? No, vero? Gli animali grassi non si vedono in giro perché, siccome non corrono, sono i primi a venire divorati. Riflettete, tesorucci, sulla saggezza della natura. La vostra istitutrice, Scheletrica Delizia, vi augura la buonanotte. A domani, balenotteri!»

Appena la radio tacque, la luce si spense e Michele all'improvviso si trovò tutto nudo e solo nel mezzo della stanza. Raggiunse il letto e, una volta sotto quelle lenzuola ghiacciate, pensò al suo lettino a casa e a Frig con le sue storie, che l'avrebbe atteso inutilmente tutta la notte.

La sveglia della radio suonò quando Michele si era addormentato da poco. Non fece neanche in tempo ad aprire gli occhi che una molla nascosta sotto il letto lo scaraventò nel mezzo del corridoio. Aveva addosso soltanto le mutande e vide che intorno a lui c'erano decine e decine di bambini nelle sue stesse condizioni, cioè in mutande e grassi. Da una porta in fondo, piroettando sulle punte, comparve una donna magrissima, fasciata dalla testa ai piedi da una tuta aderente color fucsia. Senza smettere di piroettare si diresse subito verso di lui.

«Ecco il nuovo elefantino!» esclamò fermandoglisi davanti. Poi gli porse la mano e disse: «Piacere, io sono la tua istitutrice, mi chiamo Scheletrica Delizia».

«Il mio nome è Michele» rispose Michele gentilmente, e le porse a sua volta la mano.

Ma la signorina Scheletrica Delizia, schizzando qua e là come una trottola, era già scomparsa in fondo alla fila.

«Avete dieci minuti per fare la doccia!» gridò da laggiù. «Tra undici minuti vi aspetto tutti nella sala della colazione».

Michele seguì gli altri nel bagno. Lì trovò un armadietto con il suo nome e con dentro dei vestiti. Dopo essersi lavato se li infilò. Erano strettissimi: la camicia sulla pancia riusciva a chiudersi con appena un bottone, mentre i pantaloni non arrivavano a salire oltre le ginocchia.

«Ehi,» disse allora al bambino più vicino «ci deve essere un errore, questi vestiti non sono della mia taglia».

«Certo che sono della tua taglia» disse il bambino senza guardarlo negli occhi. «Sono della taglia che dovresti avere se fossi buono».

«Ma non mi entrano» protestò Michele, ma intanto il bambino era già scomparso di corsa verso la sala delle colazioni.

Reggendo i pantaloni con una mano, Michele lo seguì a balzelloni per i lunghi corridoi.

"La sala delle colazioni!" pensò. "Se c'è una sala delle colazioni non è un posto poi così terribile".

E già vedeva davanti ai suoi occhi scorrere fiumi di latte e di cornflakes, ettolitri di cioccolata calda, piramidi alte fino al soffitto di burro e marmellata...

Entrò nella sala delle colazioni con il cuore che gli batteva forte e l'acquolina in bocca. Tutti gli altri erano già seduti intorno a eleganti tavolini. Michele si sedette nel primo posto libero e, senza presentarsi né chiedere permesso, si avventò su quella che gli sembrava una caraffa di cioccolata. Che delusione! Da quel bricco invitante non uscì proprio niente! Si guardò intorno: in realtà nessuno dei bambini stava mangiando, facevano solo educatamente finta. Allora anche lui finse di bere la cioccolata e di sgranocchiare due o tre biscotti.

Dopo un po' ricomparve Scheletrica Delizia.

«Bene!» gridò. «Anche per oggi la colazione è finita! In ordine e senza fare rumore andate a prendere gli zaini. Tra quattro minuti esatti voglio tutti in pista».

Michele seguì il fiume di bambini attraverso tutte le stanze dell'istituto. "Possibile" si chiedeva camminando "che la mamma mi abbia abbandonato in un posto del genere? Neanche i miei sogni più brutti erano così brutti!".

Tre minuti e mezzo più tardi, assieme agli altri, con il suo zaino in spalla, Michele aveva raggiunto il grande parco dell'istituto.

La pista di cui parlava Scheletrica Delizia era una vera e propria pista da corsa. Invece di correre in scarpette e calzoncini, però, bisognava correre con gli scarponi, tutti i vestiti addosso e sulle spalle uno zaino pesantissimo. Prima di iniziare la maratona, Michele aprì il suo e guardò cosa c'era dentro. Meraviglia delle meraviglie! Impilati con ordine preciso c'erano: una decina di budini al cioccolato e alla vaniglia; una ventina di merendine farcite con la crema e con il gianduia; una piccola mortadella e un salamino; del pane a cassetta; maionese in barattolo; scatole di tonno; cetriolini e tre o quattro bottigliette di bibite gassate. Assieme a tutte que-

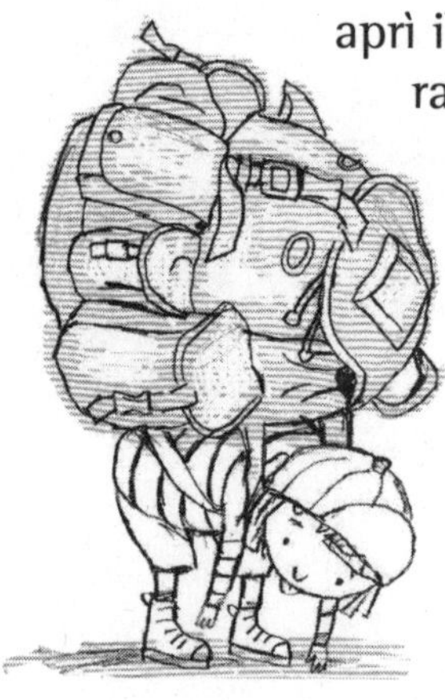

ste cose da mangiare c'era una busta di plastica con dentro tutte le posate, il sale, il pepe, un tovagliolo e un bicchiere, insomma tutto il necessario per una merenda sull'erba.

Dopo quella visione Michele saltò subito in pista e cominciò a correre felice. Era chiaro infatti che tutto quel peso che si portava sulla schiena altro non era che il suo pranzo, un picnic che appena stanco avrebbe consumato seduto in un luogo ombroso ai lati della pista.

Per i primi quattro giri fu in testa a tutti, correva con passo scattante come fosse un leprotto. Al quinto giro gli cominciarono a tremare i polpacci, le cosce e le fettone del sedere. Al sesto, mentre il sudore gli colava per tutto il corpo, presero a tremargli le braccia, e il fiato diventò quello di una vecchia locomotiva. Per farsi forza iniziò a pensare alle eroiche gesta del cavaliere di Frig, pensò al cavaliere e a tutti i grandi uomini, agli atleti famosi, e con quelle idee in mente riuscì a fare un altro giro ancora.

Intanto alcuni bambini erano già stramazzati al suolo e, con i loro corpi sudati e ansimanti, ingombravano il percorso della pista. Al nono giro Michele capì che se non voleva fare quell'ingloriosa fine doveva subito mangiare qualcosa. Si guardò intorno per vedere se qualche altro ospite si fosse già seduto sul prato a fare merenda. Non c'era nessuno, assolutamente nessuno.

"Strano," rifletté Michele "possibile che siano così forti? Che resistano per giri e giri senza niente nella pancia?".

Lui, ormai, era al limite delle energie. Davanti agli occhi, a tratti, vedeva tutto nero, mentre i piedi e le ginocchia a ogni passo, anziché andare baldanzosamente avanti, si piegavano su se stessi come burro al sole.

L'istitutrice stava seduta al bordo della pista sotto un ombrellone con una penna in mano, un quaderno sulle ginocchia e guardava correre.

"Tutto sembra tranquillo" pensò Michele, e decise di cominciare a rallentare la corsa in attesa di trovare un posticino gradevole dove sedersi. Mentre rallentava, un paio di bambini lo superarono, e nel passargli accanto gli bisbigliarono qualcosa con la faccia preoccupata.

Michele non capì bene le parole, gli parve di sentire qualcosa di simile a un augurio di buon appetito e così, mentre gli altri schiacciati dal peso dello zaino andavano avanti, gli gridò dietro gentilmente: «Buon appetito anche a voi» e salutò con la mano aperta.

A quel punto vide poco distante una piccola panchina bianca immersa nell'ombra di due enormi alberi. Un posto meraviglioso per fare merenda! Rallentò il passo, uscì dalla pista, si tolse lo zaino di dosso e si sedette sulla panchina. Aveva il fiato grosso, così aspettò ancora qualche minuto prima di iniziare a mangiare. Mentre stava lì senza fare niente, passarono altri due bambini con la lingua fuori come cani. Appena lo videro sulla panchina cominciarono a fargli dei segni con le mani. Sembravano spaventati, e Michele non riusciva a capire perché.

"Sarà forse per la stanchezza" pensò, e allora gli gridò dietro: «È quasi ora di pranzo! Fermatevi con me a mangiare!». Quelle parole però ottennero l'effetto contrario: i bambini invece di fermarsi accelerarono la corsa, e senza più voltarsi sparirono dall'altro lato del campo.

"Che gente strana c'è qui" osservò Michele e, preso

lo zaino sulle gambe, iniziò ad aprirlo. L'acquolina gli era tornata in bocca e lo stomaco borbottava allegramente.

«Che bellezza!» disse forte Michele e subito, con i denti, strappò la carta della prima merendina.

Cosa successe poi non lo capì subito. Quello che è certo è che la merendina non fece in tempo ad arrivare alla sua bocca. Gli si abbatté addosso un ciclone, qualcuno gli afferrò la mano e fece volare il pandispagna lontano; qualcun altro lo afferrò per il collo, lo sollevò dalla panchina e cominciò a scuoterlo come fosse un salame, mentre una voce che non si sa da dove venisse, gridava: «Straooooorrendo cedimento!».

Soltanto quando finì disteso sull'erba come uno scendiletto, vide che il ciclone altro non era che l'istitutrice Scheletrica Delizia. Avvolta nella sua tuta fucsia e con il volto dello stesso colore, stava dritta in piedi sopra di lui. Le sue anche e i suoi femori tremavano tutti e facevano rumore come i campanelli delle slitte natalizie.

«Bell'inizio, tacchinotto mio! Veramente bello!» gridò con quanta voce aveva in gola. «Primo giorno, prima infrazione!» Poi da una tasca striminzita tirò fuori un libretto, lo aprì e disse a voce alta: «Infrazione numero 2821, punizione 3412. Seguimi senza fare storie».

Michele non fece storie, né avrebbe potuto farle perché l'istitutrice lo afferrò per le orecchie e se lo portò dietro come un sacco di patate.

Fecero molta strada in quel modo e alla fine, dopo aver sceso scalone e scalette, Michele si trovò chiuso in una cella buia nei sotterranei dell'istituto.

«Punizione 3412» ripetè Scheletrica Delizia dallo spioncino prima di andarsene.

Appena solo, Michele cercò l'interruttore della luce tastando con le mani le pareti. Non c'era.

"Pazienza," pensò "tanto io non ho mai avuto paura del buio". E sempre a tastoni si mise a cercare il letto. In un angolo trovò una brandina stretta e dura e vi si distese sopra.

"È tutto un brutto sogno" pensò. "È un incubo, e tra poco mi sveglio". La sua pancia però in quel momento gli diceva che era tutto vero: vuota come mai era stata in tutta la sua vita, borbottava furiosa dal fondo dell'ombelico.

"Sono due giorni che non mangio niente! Ti pare giusto? Mi sento come uno straccio da pavimento che ha lavato una caserma. Non ho più forze... ti prego, ti supplico, metti qualcosa in bocca".

Michele non sapeva come calmarla. Laggiù non c'era assolutamente niente da mettere tra i denti. Alla fine, giacché nessuno lo vedeva né poteva sgridarlo, cominciò a mangiare le sue stesse unghie. La pancia sembrò tranquillizzarsi.

"Perché la mamma e il papà se ne sono andati via senza salutarmi?" si domandò allora Michele. "Hanno deciso di lasciarmi qui per sempre? Perché?"

Un'idea terribile si stava facendo strada nella sua mente. Forse la sua mamma non era la sua vera mamma e il suo papà non era il suo vero papà. Già, doveva essere così, altrimenti perché senza dire niente l'avevano abbandonato in quel posto? Era un trovatello, questa era la verità: l'avevano scoperto in qualche cassonetto della spazzatura e non glielo avevano mai detto.

Michele cominciò a capire tante cose che prima non gli erano chiare. Ecco perché non c'era neppure una sua foto nella culla! Ecco perché loro erano magri e lui no! Come aveva fatto a non accorgersene prima? Loro erano i suoi finti genitori, erano due estranei! Michele sospirò.

«Sono solo al mondo!»

Le parole rimbombarono nella stretta stanza come in montagna, e poi piano piano si spensero.

Appena ci fu di nuovo silenzio, Michele sentì gli occhi inumidirsi. Stava per piangere. Allora pensò a Frig. Frig, il suo unico amico, l'unico che gli aveva voluto veramente bene.

Cosa aveva detto Frig? Che lui, Michele, era un cavaliere: Cuore di Ciccia. Cuore di Ciccia era abbastanza forte per andarsene tutto solo in giro per il mondo, poteva combattere i draghi e baciare le rane, poteva fare grandi cose...

«Le farò» gridò con convinzione Michele, e si mise seduto sul letto. Poi, proprio mentre pensava che per prima cosa doveva trovare un modo per andarsene da quel posto, all'interno della cella cominciò a diffondersi un odore delizioso. Michele annusò. «Torta di mele!»

«Già, proprio torta di mele» esclamò all'improvviso la voce di Scheletrica Delizia. Parlava da un microfono nascosto. «Nel forno» proseguì «si sta cuocendo una torta di mele. Se potessi vederla! È meravigliosa: tutta gonfia e soffice ai lati, interamente coperta di fettine di frutta caramellata... È un vero peccato, tacchinotto mio, perché non potrai mangiarla mai. Mai!».

Era una tortura tremenda. Michele si tappò il naso e cercò di respirare con la bocca.

Alla torta di mele seguirono gli odori degli involtini ripieni, agli involtini un crème caramel e della pasta al forno, alla pasta dei bomboloni dorati, e via dicendo...

Durante la notte Michele pianse: un po' per tutti quei profumi e un po' anche perché, in fondo, alla sua finta mamma e al suo finto papà lui aveva voluto bene.

All'alba con le forze che gli rimanevano si buttò contro la porta.

«Non mangerò mai più niente!» gridò singhiozzando. «Mai più niente!»

A quelle parole, come d'incanto, la porta si aprì.

Dopo quella prima punizione, la vita di Michele all'Istituto Acciughini proseguì regolarmente. Ormai aveva capito come andavano le cose in quel posto, e stava bene attento a non fare errori.

Trascorsi dieci giorni dall'arrivo, un mattino Michele, alzandosi, si accorse di essere molto più leggero: si guardò la pancia e vide che dei quattro salvagenti di ciccia non ne era rimasto che uno. Era dimagrito.

"Bene," pensò "vuol dire che potrò correre più leggero". E senza perdere tempo cominciò a progettare la fuga.

Aveva già studiato tutto con attenzione. L'unico momento in cui avrebbe potuto andarsene senza dare troppo nell'occhio erano le passeggiate salutari fuori dall'istituto. Doveva fare così: correre fin dalla partenza più veloce di tutti e poi, a una curva distante dagli occhi di Scheletrica Delizia, buttarsi a gran velocità nel bosco e sparire tra i cespugli prima di essere raggiunto. Una volta libero, giacché aveva otto anni e neanche una moneta in tasca, poteva fare una sola cosa: andare a casa della nonna. La nonna di sicuro non gli avrebbe chiesto niente, sarebbe stata felice di vederlo e basta. Forse non sapeva che non era il suo vero nipote; forse lo sapeva e non le importava niente: gli voleva bene per quello che era.

L'occasione della fuga si presentò alcuni giorni dopo. Fin dal mattino Scheletrica Delizia annunciò per il pomeriggio una corsa ricreativa in mezzo ai prati. Reggendo in mano una vera torta di compleanno, i bambini avrebbero dovuto correre, senza mai assaggiarla né farla cadere, per più di dieci chilometri. A chi giungeva alla fine con la torta intatta, veniva dato il permesso di accendere le candeline e soffiarvi sopra. Chi inciampava con la torta o vi metteva un dito dentro, era costretto a fare il giro un'altra volta.

Alla partenza Michele scattò avanti per primo. Teneva in mano una torta di panna montata e fragoline di bosco. Dopo due chilometri era ancora in testa e dopo cinque aveva seminato tutti gli altri bambini. Allora lasciò il sentiero e si inoltrò nel bosco. Corse ancora finché ebbe fiato: poi si lasciò cadere seduto sulla radice di un grande albero e divorò tutta la torta.

Stava scendendo la notte. Michele era solo in mezzo al bosco e non aveva la minima idea in quale direzione si trovasse la casa della nonna. Era la prima volta che Michele dormiva da solo in un bosco.

Alla felicità di essere riuscito a sfuggire dalle grinfie di Scheletrica Delizia, ben presto si sostituì il terrore per il buio e per quegli strani rumori. Gli alberi, che di giorno erano dei benevoli amici, con l'oscurità divennero dei giganti malefici con braccia lunghe e unghie acuminate come uncini. Al rassicurante pigolio degli uccellini si sostituirono urla, fruscii, gemiti, passi pesanti e lenti, passi di corsa e urla improvvise e agghiaccianti che sembravano voci di demoni o streghe.

«Sono un cavaliere» disse Michele a voce alta per farsi coraggio. «Sono un cavaliere e non posso avere paura di niente».

Quando dall'altra parte del bosco cominciò a salire la luce del giorno, era ancora lì, seduto sulla grande radice, e non aveva chiuso occhio. Era stanco e aveva fame, ma si mise in cammino lo stesso.

Prese una direzione a caso.

"Prima o poi," pensò Michele "questo bosco finirà: ci sarà una strada, un'autostrada, un viottolo; incontrerò qualcuno che mi darà un passaggio fino a casa della nonna".

Camminò tutto il giorno e con la pancia vuota.

I cespugli e gli alberi anziché diradarsi diventavano sempre più fitti e ostili. Michele faceva fatica ad andare avanti. Le spine lo graffiavano dappertutto e le mosche non gli davano pace. Faceva un caldo terribile. Per capire che ora fosse, ogni tanto Michele guardava in alto. Il sole, lassù, oltre i rami e le foglie, diventava sempre più rosso. Stava per scendere la notte un'altra volta. Michele osservò il posto dove si era fermato. Era una piccola radura uguale identica a quella in cui aveva trascorso la notte precedente.

"Possibile che non mi sia mosso neanche di un passo?" si domandò.

Raggiunse la radice che già conosceva e vi si sedette sopra.

E domani cosa sarebbe successo? Sarebbe arrivato da qualche parte? Oppure come un vecchio asino avrebbe camminato per tutta la vita intorno allo stesso posto? Era forse un castigo per essere fuggito? Oppure era una magia? Cosa aveva ripetuto tante volte la sua finta mamma? Le magie non esistono.

Anche il Direttore dell'istituto, Sua Infinita Magrezza, aveva ripetuto la stessa cosa: "niente magie nella vita".

"E se si fossero sbagliati? Se invece questo fosse un bosco magico?" pensò Michele. E con quest'idea in testa si addormentò.

Il giorno dopo successe quello che era successo il giorno prima, e così anche nei due giorni seguenti. Michele camminò e camminò nel bosco senza mai giungere da nessuna parte.

Gli alberi erano sempre uguali, i cespugli erano sempre identici e pieni di spine, c'erano sempre le stesse mosche e ogni sera Michele si sedeva sullo stesso ramo. Tutto era sempre uguale tranne lui: lui era sempre più affamato, sempre più confuso e stanco.

«Mi sono perso!» esclamò la quinta sera, e si lasciò cadere a peso morto sulla solita radice. «Mi sono perso e sono solo al mondo. Nessuno mi cerca e nessuno mi troverà. Mi troveranno solo gli avvoltoi quando avranno fame! Che triste fine per un cavaliere!»

Michele si asciugò con il braccio le lacrime che ormai scendevano abbondanti, tirò su forte i moccoli dal naso, si distese a terra e si addormentò.

Giuseppe Pimpinella in arte Mister Kakkolen

Michele non aveva mai letto libri di fiabe e così non sapeva molte cose. Non sapeva che le magie esistono davvero. Per vie imperscrutabili e segretissime accadono proprio quando uno meno se lo aspetta.

Quella notte Michele sognò di trovarsi dalla nonna. Stava mangiando con lei una torta di crema e cioccolata quando, all'improvviso, sentì una voce: «Toh, guarda un po' che strano animale! Tutto nudo e senza cuccibaffi!».

Michele, nel sogno, si guardò intorno. Oltre a lui e alla nonna non c'era nessuno.

Allora aprì gli occhi, osservò la radura e i cespugli. Chi aveva parlato? Non si vedevano in giro altri esseri umani.

"Forse" pensò Michele "sono le allucinazioni della fame".

Non aveva neanche finito di pensarlo che la voce parlò un'altra volta: «Di' un po', che specie di cucciolo sei?».

«Chi sei tu?» gridò allora Michele che cominciava a perdere la pazienza. «Fatti vedere se hai coraggio!»

«Mi vedi già» rispose la voce. «Guarda in basso a sinistra, vicino alla radice della cucciquercia».

Michele guardò. «Mi prendi in giro? Non c'è nessuno!»

«Non sono Nessuno,» disse la voce risentita «sono il Furetto!».

Michele osservò meglio. In effetti vicino alla radice c'era un animale piccolo con il muso a punta e il pelo scuro.

«Ma è impossibile!» esclamò sfregandosi gli occhi. «Non puoi essere tu! Gli animali non parlano!»

«Chi te l'ha detto?» chiese il Furetto.

«C'è scritto sui libri» disse. «E poi me l'ha detto la mamma... la mia finta mamma» si corresse dopo un attimo.

Il Furetto scosse il capo. «Ho sempre pensato che non ci si deve fidare dei cuccilibri. Dicono solo bugie».

«Ma allora» disse Michele «questa... questa è... è una magia?».

A questa domanda il Furetto non rispose. Guardò lentamente Michele da capo a piedi, poi chiese di nuovo: «Ma insomma, tu, che specie di cucciolo sei?».

«Sono un bambino» rispose Michele ancora meravigliato di parlare con un animale.

«Un bambino?» ripetè il Furetto. «Un cuccibambino? Allora sei un cucciolo d'uomo!»

Michele non aveva mai pensato di essere un cucciolo. Lo corresse: «Sono un piccolo uomo. Insomma, ho pochi anni, ma sono un uomo».

«Appunto, un cucciolo» sentenziò il Furetto. Poi, con due salti svelti, si avvicinò a Michele: «Lo sai che è la prima volta che vedo un uomo? Sono così rari in questo bosco i cuccioli d'uomo!». Fece una pausa e si rizzò sulle zampe posteriori. «Ehi,» propose «vuoi fare amicizia?».

Michele ancora non riusciva a capacitarsi di parlare con un animale.

«Be', va bene» rispose distrattamente.

A quelle parole il Furetto gli schizzò sulle spalle e con il suo naso fresco cominciò ad annusarlo sul collo e da ogni parte.

«Ma cosa fai? Sei impazzito!» gridò Michele cercando di farlo scendere. «Cosa stai facendo?»

«Sto facendo cucciamicizia» rispose il Furetto meravigliato dalla reazione. «Da voi non si fa così?»

Michele pensò: oltre a Frig, che stava fermo immobile al suo posto ed era senza naso e lingua, lui non aveva mai avuto nessun altro amico.

Intanto il Furetto gli faceva il solletico dappertutto con i baffi.

«Be'...» disse dopo un po' «no, cioè non lo so... ho avuto soltanto un amico, un frigorifero».

«Un frigorifero?» ripeté il Furetto. «E che specie di cucciolo è?»

«Non è un cucciolo, è... è un elettrodomestico... insomma, è una cosa alta, bianca, con tante cose da mangiare nella pancia... Io mangiavo sempre da lui».

«Ah, è la tua cuccimamma!»

Michele abbassò gli occhi per terra e sospirò. «Io non ho la mamma».

«Oh, per tutte le tane del mondo! Com'è possibile?» esclamò il Furetto. «Tutti i cuccicuccioli hanno una mamma».

«Be', ecco, io ne avevo una, ma non era proprio la mia, era finta».

«Finta come? Di paglia? Non sarai per caso il cuccicucciolo di uno spaventapasseri?» chiese la bestiola.

«Oh no!» rispose Michele.

«Allora vediamo, lasciami indovinare» disse il Furetto facendosi pensieroso. «Dunque... dunque... vediamo... Non hai una vera cuccimamma... dormi nel bosco tutto solo... Eh, uhmm... ce l'hai un cucciportafoglio?»

«No».

«Un libretto d'assegni?»

«Neanche».

«Uhmmm... e non stai, per caso, andando dalla cuccinonna?»

«Oh, sì!» esclamò Michele. «Come fai a saperlo? Stavo proprio andando dalla nonna quando mi sono perso nel bosco».

«Ah, ci sono! Semplice come un lombrico bollito! Ecco cosa sei! Un cuccitrovatello! Che sciocco! Mister Kakkolen me l'aveva detto tante volte! Se vai nel bosco a passeggiar un trovatello puoi trovar...»

Il Furetto si grattò un orecchio e sospirò. «Magari sei anche triste, eh?»

«Ho fame» rispose Michele, giacché per lui avere fame ed essere tristi era la stessa cosa.

«Seguimi allora, andiamo da Mister Kakkolen».

Michele all'improvviso diventò sospettoso.

«Un momento,» disse «chi è questo Mister?».

«È un mio cucciamico» rispose il Furetto. «Ha un

buonissimo odore e sa un mucchio di cose... Andiamo?»

Michele non sapeva cosa fare.

Stavano accadendo troppe cose strane.

Un animale che parlava, un signore con un nome così e un buonissimo odore, un bosco dove si camminava sempre in tondo...

E se fosse stato tutto ancora un sogno? Michele provò a morsicarsi forte un dito. Ahi! Non era un sogno, era proprio tutto vero... Ed era vero anche che da cinque giorni si trovava nel bosco da solo e senza niente da mangiare.

"Se rimango qui ancora un giorno," pensò "diventerò una merendina per gli avvoltoi!".

«Va bene,» disse allora Michele al Furetto «ti seguo».

L'animale era ancora sulle sue spalle, stava lì come un colletto di pelliccia e non accennava a scendere.

«Senti una cosa, Trov» bisbigliò parlando a Michele direttamente nell'orecchio.

«Non mi chiamo Trov!» lo interruppe Michele. «Mi chiamo Michele».

«Ah, scusa» si corresse il Furetto. «Senti una cosa, Mik, ti dispiace se non scendo? Voi cuccitrovatelli siete così morbidi e larghi... si sta benissimo quassù».

Michele era felice. Per la prima volta a qualcuno piaceva la sua ciccia.

«Oh no, resta pure» disse, e seguendo le indicazioni del suo amico si addentrò nel bosco.

Michele e il Furetto camminarono, camminarono e camminarono.

Ogni volta che Michele diceva: «Sono stanco» l'altro rispondeva: «Oh, ma manca pochissimo».

E così, andarono sempre avanti, senza mai fermarsi.

Verso il tramonto, la foresta cominciò a diradarsi. Michele annusò forte l'aria.

«C'è odore di mare» disse.

«Già» rispose il Furetto, «infatti Mister Kakkolen abita proprio sul mare. Siamo quasi arrivati. Vai dritto ancora sei passi, gira intorno a quella ginestra e poi vai tutto a sinistra».

Michele obbedì, e alla fine sbucò su una grande spiaggia piena di dune, con un mare blu intenso percorso da onde forti.

«Vedi quel filo di fumo?» disse allora il Furetto. «È lì che dobbiamo andare».

Camminarono ancora per un po', sprofondando nella sabbia. Poi, all'improvviso, comparve una casetta. Era piccola, con il tetto spiovente, e anziché essere fatta di legno o di mattoni era costruita con tanti cartelli pubblicitari sovrapposti.

Davanti c'era un uomo più largo che alto, con una grande barba bianca. Indossava una tonaca lunga fino ai piedi composta di tanti fogli di giornale incollati insieme.

Teneva un foglio scritto al computer in mano e sembrava aspettarli.

Il Furetto balzò giù dalla spalla di Michele e corse veloce verso l'uomo.

«Mister!» gridò. «C'è una sorpresa!»

Michele, appena giunto vicino all'uomo, gli porse educatamente la mano.

«Mi chiamo Michele e...»

«So già tutto, ragazzo mio» lo interruppe Mister Kakkolen, e cominciò a leggere il contenuto del foglio.

«Dunque, uhmm, vediamo: capelli castani... sì. Occhi verdi... sì. Età apparente otto anni... l'età coincide. Notevolmente sovrappeso e uhhmmm, di' un po', ce l'hai una mamma?»

«Sì, signore,» rispose Michele «cioè, no, insomma ne ho una, ma è finta».

«Strastraordinario!» esclamò l'uomo. «Sei proprio il bambino che stavo cercando!»

Poi si presentò: «Io sono Mister Kakkolen» disse «e questo che hai già conosciuto è il mio aiutante Fur Fur Furetto».

"Aiutante di che cosa?" stava per chiedere Michele, a cui le cose sembravano sempre più confuse, ma prima che aprisse la bocca, Mister Kakkolen lo afferrò per un braccio e lo trascinò nella casetta.

A starci dentro sembrava molto più grande che dall'esterno. C'era una stanza sola, con un tavolo e alcune sedie in mezzo, e le pareti coperte dal pavimento al soffitto da schermi di computer. Alcuni erano accesi e alcuni no; decine e decine di cavi elettrici correvano per il pavimento fino a raggiungere un'enorme tastiera in un angolo.

«Intanto siediti» disse appena dentro Mister Kakkolen. «Immagino che avrai fame».

«In effetti, signore,» rispose Michele la cui pancia ormai ululava «ho un po' di appetito».

«Bene, bene: allora vediamo...» Mister Kakkolen si avvicinò alla tastiera. Parlava tra sé e sé, e parlando premeva i tasti. «Vediamo... bambino di otto anni, leggermente sovrappeso, digiuno da otto giorni, attività preferita: fare niente; nome: Michele... Ecco qua: cibo preferito?»

Nella stanza echeggiò un rumore. *Pling plong,* si accese uno schermo e la stampante vomitò un pezzo di carta.

Mister Kakkolen lo strappò dalla macchina e lesse a voce alta: «Cibi preferiti: budini e ciambelloni fritti. È così, ragazzo mio?».

«Oh sì, signore» rispose Michele sempre più meravigliato. «È proprio così: adoro budini e ciambelloni».

«Perfetto... allora mettiti il tovagliolo, che tra un minuto è tutto pronto».

«Ma,» disse Michele che

non vedeva intorno né un frigorifero né un forno «com'è possib...».

Prima ancora di finire la frase, Mister Kakkolen premette un tasto, sul video comparvero per un istante budini e ciambelloni di ogni tipo; premette un altro pulsante, il cibo scomparve dal monitor e dopo un secondo, in burro, uova e farina, apparve sulla tavola.

Mister Kakkolen spense il computer e si avvicinò alla tavola.

«Non fare complimenti ragazzo mio, tutto quello che vedi è per te».

Michele non se lo fece ripetere due volte. Con una mano afferrò un intero ciambellone, con l'altra prese un cucchiaio e lo infilò nel budino. Dopo dieci minuti sulla tavola c'erano soltanto briciole e piatti sporchi. Michele aveva mangiato così tanto, che per respirare dovette aprirsi i pantaloni. Era molto tempo che non si sentiva così bene, con quel calorino consistente nella pancia. Mister Kakkolen si era seduto di fronte e lo guardava.

«Allora,» chiese «era di tuo gradimento?».

«Oh, è stato meraviglioso» rispose Michele. Fece una pausa. Il cibo gli gorgogliava nella pancia con un fracasso infernale. Voleva fare una domanda, ma aveva un po' di paura. Non aveva ancora chiaro chi fosse veramente quel signore. Era un mago buono o era un pazzo? Ci si poteva fidare di lui o no? Alla fine, visto che comunque per il momento era costretto a stare lì, si decise a parlare.

«Signore,» chiese «ma come ha fatto a sapere che mi piacciono i budini e i ciambelloni?».

Mister Kakkolen rise. «Semplice come un granello di silicio! Me l'ha detto un tuo amico».

«Un mio amico?! Ma io non ho amici» protestò Michele.

«Ne sei proprio sicuro?» chiese Mister Kakkolen, e si avvicinò di nuovo alla tastiera.

«Oh sì, signore, io sono un bambino grasso e non...»

Si accese un monitor in mezzo alla parete. Michele lo guardò. C'erano delle linee bianche e nere che andavano velocissime da una parte all'altra. Poi, all'improvviso, le righe scomparvero, e cominciò a formarsi una immagine. Sembrava una cosa bianca e alta, lustra.

«Lo conosci?» chiese Mister Kakkolen.

«Ma è Frig» gridò Michele balzando in piedi. «Com'è possibile? Allora è lui che...»

Mister Kakkolen cambiò improvvisamente espressione. Sembrava che qualcosa lo turbasse.

"Forse ho parlato troppo" pensò Michele.

«Adesso basta,» esclamò il Mister «ho già perso troppo tempo» e afferrato Michele per le spalle, lo spinse fuori dalla porta e si chiuse dentro.

Quel pomeriggio Michele, passeggiando lungo la spiaggia con Fur Fur Furetto, imparò molte cose sulla vita di Mister Kakkolen.

Mister Kakkolen in realtà si chiamava Giuseppe Pimpinella, e prima di ritirarsi a vivere sulla spiaggia era stato un grande inventore di cose elettroniche. Il suo, infatti, era un nome d'arte e derivava da due delle sue più straordinarie invenzioni: il KakDetector e il KakAllarm.

La prima, spiegò il Furetto gesticolando in piedi sulle zampe posteriori, era un piccolissimo sensore da applicare sulla cima delle scarpe. Appena sul marciapiede compariva una cacchina o una caccona di cane, il KakDetector con un suono discreto avvertiva il proprietario dell'imminente pericolo, cioè che stava per mettere il piede su qualcosa di odoroso e morbido.

La seconda, il KakAllarm, era un minuscolo vibrafono a risonanza. Si sistemava di solito sul colletto della camicia ed era utilissimo per i conferenzieri, gli uomini politici, i professori e tutte le dame dell'alta società.

L'apparecchio, infatti, era capace, in una frazione di secondo, di intercettare ogni tipo di caccole scese dal naso. A quel punto, producendo un rumore in tutto e per tutto uguale a uno sternuto, faceva sapere al possessore il rischio che stava correndo.

Michele ascoltò tutto con attenzione. Quei due apparecchi erano davvero straordinari. Si ricordava ancora di una volta, a scuola, quando la maestra aveva fatto un'intera lezione con una caccola filamentosa che le scendeva dal naso. Nessuno aveva avuto il coraggio di dirglielo e soltanto quando con tutto il fiato che aveva in gola aveva gridato «Vi boccio tutti!» la caccola si era staccata e con un breve volo era planata addosso al bambino del primo banco.

«Sono invenzioni meravigliose,» disse entusiasta Michele «utilissime!».

«Certo Mik, Mister Kakkolen è il più strameraviglioso inventore del mondo, proprio così, solo che... ecco, vedi, è un poco... un po'... distratto...»

«Distratto come?»

«Ecco, be'... ogni tanto ha un po' di confusione in testa, insomma si cucciconfonde... Vedi, per esempio, il KakDetector doveva essere il suo cuccitrionfo, e invece è stato la sua cuccirovina».

«Perché? È un'idea così buona! La mia finta mamma gridava sempre quando con i tacchi a spillo finiva in una di quelle...»

«*Idea* buonissima, strabuona, solo che Mister Kakkolen, vedi, ha costruito anche dei modelli difettosi, e uno di questi indovina a chi è cucciandato?»

«Non so... alla sua maestra?»

«No, no, molto peggio! Peggissimo! Il modello più difettoso di tutti è andato al Capo Supremo di tutti i cucci-Super Istituti Scientifici del mondo e della cuccigalassia».

«Non ha funzionato?»

«Oh, no! Strastrapeggissimo! Mister Kakkolen, nel costruirlo, aveva invertito il circuito di un sensore, proprio il cuccisensore che serviva ad allontanare le cuccicaccone. Sai cosa succede quando si inverte un sensore?»

«Be', credo che succeda il contrario...»

«E allora?»

«Ma è spaventoso!» gridò Michele vedendo la scena come se stesse accadendo sotto i suoi occhi.

«Proprio così, caro Mik, cuccispaventoso. Tutte le cacche di tutti gli animali presenti nel raggio di tre chilometri gli piombarono velocissime addosso... Per cuccidisgrazia, quel pomeriggio nei dintorni era passato anche un circo con i cammelli e i cuccielefanti... Insomma... capisci Mik, una cuccicatastrofe... Ha dovuto in gran fretta lasciare il suo laboratorio e si è cuccinascosto qua». Il Furetto sospirò. «Chissà quanti KakAllarm difettosi ha lasciato in giro per il mondo!»

«È una storia davvero tristissima» disse Michele, e tirò un calcio a una conchiglia che finì dritta in acqua.

Poi pensò a tutti i computer e i fili elettrici che aveva visto nel laboratorio. «Però» disse, sperando di avere una spiegazione, «non ha smesso di lavorare?».

«Cuccicerto che no! Un cuccinventore non può mai smettere di inventare».

«E cosa sta inventando adesso?» chiese Michele preoccupato.

«Oh, una cuccicosa grandissima. Una cosa così grande che cuccicambierà tutto il mondo. Però,» aggiunse il Furetto «non te lo posso dire. Se lo dico mi fa stare zitto per sempre. È Topo Segreto!».

«Un topo invisibile? E a cosa serve?»

«Oh, Mik! Un Topo Segreto è un segreto segretissimo, una cosa che non si può dire neanche per tutte le bacche di ribes e i vermi bolliti del mondo».

Continuarono a camminare lungo la spiaggia in silenzio.

"Che strano posto" pensò Michele guardandosi intorno. "C'è il sole, fa caldo e non c'è neppure una persona che fa il bagno, non si vede un venditore di gelati, un windsurf, una barchetta a remi... niente..."

E poi, vicino all'Istituto Acciughini non c'era alcun posto di mare. La spiaggia più vicina era distante almeno trecento chilometri. Possibile che in cinque giorni avesse fatto a piedi tutta quella strada?

Quando il sole iniziò a scendere all'orizzonte, Fur Fur propose di tornare indietro. Sulla strada del ritorno, dal mare verso la terra cominciò a tirare un forte vento. Michele ebbe l'impressione che non fosse un vento normale. In mezzo all'ululato sembrava di sentire delle voci. Michele ascoltò con più attenzione.

«Che vento è questo?» chiese poi al Furetto.

«È un cuccivento come un cuccialtro» rispose Fur Fur infastidito, e per evitare di parlare si mise a correre avanti.

Arrivarono a casa con gli ultimi raggi di luce. Mister Kakkolen interruppe il suo misterioso lavoro e ordinò al computer una cena uguale identica al pranzo.

Per la prima volta in vita sua Michele però non aveva un grande appetito. C'era soltanto una lampadina fioca in mezzo alla stanza e l'ambiente sembrava molto più lugubre che all'ora di pranzo. Michele cominciava ad avere paura. Presto sarebbe andato a dormire. Cosa sarebbe successo quella notte? Era vero tutto quello che aveva detto il Furetto? Mister Kakkolen continuava ad aggirarsi intorno alle macchine: sembrava molto indaffarato. A cosa stava lavorando? Michele con gli occhi cercò Fur Fur. Era scomparso.

Visto che Mister Kakkolen non lo degnava di attenzione, pensò di andare sulla spiaggia a cercarlo. Raggiunse la porta in punta di piedi e proprio appena l'ebbe richiusa alle sue spalle, gli parve di sentire, al di là della parete, la voce di Frig.

«Bzzapbrrr? Zuutm!»

Possibile? Stava sognando? No, non stava sognando! Era proprio la sua voce! Frig era là, e stava parlando con qualcuno. L'aveva sentito bene pronunciare il suo nome e poi i suoi titoli nobiliari: Cuore di Ciccia, Marchese des Budins et Ciambellons.

Michele non resistette alla tentazione di curiosare. Per fortuna il buco della serratura era abbastanza grande da poter vedere qualcosa. Ecco... Mister Kakkolen stava in piedi davanti ai monitor. Cosa c'era sui monitor? I due che riusciva appena a scorgere trasmettevano righe bianche e nere, il terzo... Incredibile! Sul terzo si vedeva proprio la cucina di casa sua: Frig, bianco e impassibile, troneggiava in mezzo.

Frig stava parlando di lui con Mister Kakkolen!

A quel punto, mentre Michele stava con l'occhio incollato alla toppa, uno dei due monitor si illuminò e Michele vide comparire al posto delle righe se stesso che spiava dalla porta.

C'era una telecamera esterna di controllo!

Non fece in tempo ad allontanarsi, che subito Mister Kakkolen gridò: «Spione!» e gli piombò addosso.

Michele dalla paura sentì le gambe sciogliersi come due gelati fuori dal freezer.

«No... non ho visto ni... niente si... signore» balbettò mentre Mister Kakkolen lo trascinava nel laboratorio. «Niente, lo gi... giuro... stavo so... solo...»

Mister Kakkolen non sembrava neanche sentirlo. Lo fece sedere su una sedia e gli si accomodò di fronte. «Bene, ragazzo mio,» sospirò «anzi, malissimo, hai scoperto tutto».

Michele cercò ancora una volta di negare.

«Pazienza» proseguì il Mister. «Tanto, prima o poi saresti venuto a saperlo lo stesso, perché tutto quello che sto facendo ti riguarda da vicino, da molto vicino».

Michele cominciò a tremare come una foglia.

«Immagino» disse Mister Kakkolen «che tu mi abbia sentito parlare con il tuo amico Frig».

«No, signore, cioè... insomma, sì».

«Ecco, vedi, io sono in contatto con Frig da parecchio tempo, sono in contatto con lui e con decine e decine di lavatrici. Sono in contatto con i frullatori, i tosaerba da giardino, con i tostapane, gli aspirapolvere e i loro cugini i battitappeto... Negli ultimi tempi, poi, ho anche iniziato un dialogo costruttivo con le yogurtiere e i forni a microonde... Tramite i miei computer parlo con loro tutti i giorni, e loro tutti i giorni mi rispondono».

«Lei capisce il linguaggio di Frig?» chiese Michele.

«Ma certo, ragazzo mio, capisco benissimo il linguaggio di Frig e anche quello di tutti gli altri elettrodomestici. Te l'ho appena detto, no? Parlo con loro tutti i giorni. Se non fosse stato per lui, non saresti mai uscito dal bosco».

«Allora è stato lui!» disse Michele, felice perché Frig non l'aveva abbandonato. «È... è lui che le ha detto che mi piacciono i budini e i ciambelloni?»

Mister Kakkolen sospirò. «Sì, Mik. Frig mi ha detto tutto di te, della finta mamma, delle diete e di tutto il resto... Insomma, mi ha detto che sei un bambino buono e infelice».

«Oh, è vero signore» mormorò Michele che cominciava a commuoversi per la sua stessa vicenda. «È proprio vero, ma cosa ci posso fare se mi piace tanto mangiare?»

«Il problema non è lì» disse Mister Kakkolen. «Ovvero, sembra lì e invece è da un'altra parte... Pensa» proseguì grattandosi la barba «che anni fa mi è capitato qui un bambino – me l'aveva mandato una lavatrice un po' vecchiotta, una delle mie più care amiche – insomma, per farla breve, lui era figlio di uno scrittore e di una poetessa. I suoi genitori volevano che passasse il tempo nella penombra di una biblioteca, che stesse più a lungo fermo che in movimento. Invece sai qual era la sua passione?».

«Mangiare?»

«No, la sua passione era il rugby. Era alto e forte come un toro, l'avessi visto! Aveva proprio la stoffa del campione. I genitori lo tenevano sempre chiuso in casa, e così lui era diventato amico della lavatrice; le si sedeva sempre di fronte e le diceva: "Quando laverai le mie magliette sporche di fango quando laverai le mie magliette sporche di fango quando laverai le mie magliette sporche di fango..." Naturalmente, per farla ancora più breve, l'ho salvato. Ma... ma ormai...»

«Ormai...» ripeté Michele che vedeva in pericolo il suo futuro.

«Ormai» disse Mister Kakkolen «anche se avessi dieci aiutanti non riuscirei a fare niente. La situazione è precipitata, ragazzo mio, ogni giorno ricevo migliaia e migliaia di appelli dagli elettrodomestici di tutto il mondo: qui c'è un bambino che è infelice per questo, qui ce n'è un altro che è infelice per quest'altro... Se li ascoltassi tutti, credimi, diventerei pazzo».

«E allora?»

«E allora il problema è a monte, ragazzo mio. Ovvero, nessun genitore è più contento dei suoi bambini».

«Mangiano tutti troppo?»

«C'è chi mangia troppo e chi mangia troppo poco; chi parla troppo e chi sta troppo zitto; chi ama guardare le nuvole e chi non ha mai alzato gli occhi verso il cielo. Insomma, al giorno d'oggi non c'è al mondo più nessun bambino che vada bene».

«Neanche quelli che hanno una mamma vera?» chiese Michele pensando alla sua situazione.

Mister Kakkolen fece un sospiro più profondo del primo e aggiustò un giornale della tonaca che s'era messo storto. «Né quelli, ragazzo mio, né gli orfani».

«E allora?»

«Allora, è così: c'è qualcosa di strano sotto».

«Una magia?» chiese Michele, ormai quasi certo della loro esistenza.

Mister Kakkolen non rispose. Proseguì.

«Con tutti i miei apparecchi, qui, in tutti questi anni, ho fatto degli studi – per farla breve non ti dico quali – e insomma, ho dei sospetti, dei gravi sospetti. Come dire: dobbiamo agire prestissimo».

«Dobbiamo?» ripetè Michele. Non credeva alle sue orecchie. «Dobbiamo?»

«Già, io e te dobbiamo fare qualcosa: è per questo che ti ho fatto venire qui».

«Ma io...»

«Vuoi dire che Frig si è sbagliato? Non sei forse un cavaliere?»

Michele, punto sul vivo, scattò in piedi.

«Sissignore! Sono Cuore di Ciccia!»

«E non hai paura di niente?»

«Di niente, signore!» gridò forte Michele, e mentiva, perché già il rotolo di ciccia della pancia gli stava tremando come un budino per la paura.

Michele e Mister Kakkolen trascorsero tutta la notte svegli. Appena si fu accertato che il ragazzo era un vero cavaliere e non aveva paura di niente, Mister Kakkolen cominciò a spiegargli qual era il problema che stava a monte.

«Guarda qui» disse accendendo uno schermo. «Che cosa vedi?»

Si vedevano decine e decine di grattacieli alti quasi come il cielo.

«Vedo una città, signore» disse Michele.

«E nella città cosa vedi?»

«Tante auto, tanta gente che corre, signore».

«Come ti sembra questa gente?»

«Magra» rispose Michele, a cui il peso era la prima cosa che saltava agli occhi.

«Magra, e poi?» Mister Kakkolen fermò l'immagine sul video.

C'era il primo piano di una decina di persone immobili. Michele osservò bene. Quelle facce avevano qualcosa

di familiare. Le conosceva oppure... Ma sì! Ecco, avevano la stessa identica espressione della sua finta mamma.

«Hanno fretta, Mister e... sembrano... sembrano... ecco, sì, sembrano un po' nervose».

«Esatto, Mik, proprio così. Sono molto nervose. Adesso guarda quest'altra immagine».

Sul video comparve una città non molto diversa da quella di prima. Mister Kakkolen ripetè le stesse domande. Michele dopo aver osservato bene diede le stesse risposte.

«Vanno di fretta e sono nervose».

Sul video passarono altre tre o quattro città. Dal colore della pelle degli abitanti, Michele capì che si trovavano tutte in continenti diversi. Le espressioni delle facce, però, erano quasi tutte uguali. Tutti avevano fretta e tutti erano nervosi.

Si spostarono davanti a un altro monitor.

«E ora, Mik, guarda qui».

Un video a colori s'illuminò. Lentamente si formò l'immagine di un pascolo alpino. L'erba era verde brillante e sopra l'erba, in piedi o distese, c'erano tante mucche.

«Che cosa vedi, Mik?»

«Dei prati, signore».

«E poi?»

«Molte mucche».

«E come sono?»

«Ma signore! Le mucche sono tutte uguali! Non hanno faccia!»

«Cuccibuuum» gridò il Furetto che nel frattempo era rientrato. «Che risposta stupida da cucciumano!»

«Mik,» disse Mister Kakkolen guardandolo dritto negli occhi «i frigoriferi sono tutti uguali?».

Michele pensò a Frig e al frigorifero che c'era a casa del suo compagno di banco.

«Oh, no signore, non ce n'è uno che somiglia a un altro».

«Lo vedi? Guarda di nuovo le mucche».

«Be', ecco, che posso dire? Sembrano tranquille. Ma le mucche, signore, sono sempre tranquille».

«Allora guarda qui».

Sul video cambiò immagine. Al posto delle mucche comparve un gruppo di leoni.

«E questi?» domandò Mister Kakkolen.

«Sono dei leoni. Dormono e si grattano la pancia».

Mister Kakkolen con un interruttore spense tutti i monitor.

«Dunque, ragazzo mio, dato che i leoni dormono e le mucche sono tranquille, si deduce che...»

Michele non capiva niente. «Signore,» disse «la matematica non è il mio forte».

«Prova».

«Be', ecco, forse, sì: se i leoni dormono e le mucche sono tranquille, vuol dire che i leoni non mangiano le mucche...»

«No!» gridò Mister Kakkolen. «Errore erroroso! Se le mucche sono tranquille, i leoni dormono e la gente corre nervosa intorno, vuol dire che... che...»

«Che ha fretta» bisbigliò Michele con ancora meno voce.

«No!» A Mister Kakkolen tremava la barba. «No, se la gente corre nervosa intorno, vuol dire che c'è qualcosa di storto nel mondo: ecco qua, il monte dove sta il problema. Capito, mio cavaliere?»

Anche se non aveva capito niente, Michele gridò: «Certo, signore!» e si mise sull'attenti.

Mister Kakkolen guardò l'ora su un quadrante luminoso. «Per tutte le resistenze!» esclamò. «Abbiamo già fatto troppo tardi. È ora di metterci al lavoro... Tu, Mik, spostati da lì, e tu, Fur Fur, premi la leva Pix!»

«Subito, cucciMister» gridò il Furetto, felice che il piano Topo Segreto avesse inizio, e sparì nello stanzino. Da lì dentro, dopo qualche secondo, strillò: «Cuccifatto, Mister».

Michele stava in un angolo e guardava tutto con attenzione. Il pavimento della stanza cominciò a tremare, tremarono il pavimento e la casa intera: sembrava che i computer e tutto il resto si stessero per staccare dalle pareti; tremò tutto fino a che, con uno scricchiolio tremendo, si spalancarono due assi del pavimento. Si aprì un buco nero e, da quel buco, lentamente, uscì una specie di gabbia di vetro. Poi le assi si richiusero con uno scatto rumoroso, e tutto tornò fermo.

Michele osservò quello strano strumento: aveva all'incirca le dimensioni per contenere un bambino, ed era contornato da decine e decine di fili elettrici di tutti i colori. Il solo vederlo gli faceva oscillare tutta la ciccia intorno. A cosa mai poteva servire? Michele aveva uno strano presentimento, ma non osava parlare.

Mister Kakkolen, intanto, aveva tirato fuori un piumino dalla tonaca e stava spolverando l'apparecchio come se fosse la sua vecchia automobile.

«Vuoi mangiare qualcosa, Mik?» gli domandò appena ebbe finito.

Michele aveva lo stomaco chiuso come una cassaforte: «A... adesso? P... perché do... dovrei mangiare a... adesso?».

Mister Kakkolen sollevò le spalle: «Dicevo così, perché è sempre meglio lavorare con la pancia piena».

«Ma io, Mister, non so lavorare» rispose Michele cercando di nascondere il suo tremito.

«Per il momento devi soltanto sederti là dentro».

«L... là de... dentro, Mister? Ma c... che c... cos'è? Una m... macchina del t... tempo?»

«Non fare domande, ragazzo mio. Mettiti una foglia che tremi come una maglia. Un raffreddore adesso sarebbe proprio un brutto affare. Fur Fur,» ordinò poi Mister Kakkolen «accompagnalo al suo posto».

Il Furetto obbedì, e con un inchino spalancò nella gabbia una porticina di vetro.

«Prego, cuccicavaliere, accomodati».

Michele si sedette sullo sgabello che c'era nel mezzo, Mister Kakkolen lo raggiunse e gli legò dei fili elettrici alle braccia, alla testa e alle gambe.

«Mik,» disse uscendo «ora ti farò delle domande e tu dovrai essere sincero».

«V... va bene Mi... Mister» rispose Michele.

Ci fu un attimo di silenzio.

Mister Kakkolen raggiunse la tastiera e accese tutti i comandi elettrici del laboratorio.

Michele chiuse gli occhi.

"Oh mammina," pensò "perché non sono stato ubbidiente? Invece di essere qua potrei essere con te e il papà in un parco a fare footing!". La paura all'improvviso gli faceva sembrare meraviglioso tutto ciò che aveva sempre odiato.

«Tutto a posto?» chiese Mister Kakkolen.

«Tutto a cucciposto!» rispose il Furetto dopo aver controllato la chiusura della gabbia.

«T... tutto a p... posto» mormorò Michele con un filo di voce.

«Benissimo! Cominciamo. Dunque, dunque...» Mister Kakkolen si frugò nelle tasche della tonaca. «Dunque, dov'è il formulario? Ah, ecco qui».

Michele vide Mister Kakkolen tirare fuori una specie di librone da cucina.

«Dunque, vediamo... pagina... pagina...»

«Pagina cuccitrecentoventuno!» suggerì Fur Fur con uno strano sorriso sul muso.

«Ecco, sì, pagina trecentoventuno». Mister Kakkolen si tirò su dritto in una posizione solenne e a voce alta iniziò a leggere: «Uhmm, tu, qui presente Michele Fuscellini, confermi davanti ai testimoni di essere il Marchese des Budins et des Ciambellons?».

«S... sì» balbettò Michele.

«Confermi anche di essere stato investito del titolo di cavaliere dal Frigorifero marca Pinguinik, modello 812?»

«S... sì, Mi... Mister».

«Il tuo nome di battaglia è "Cuore di Ciccia'?»

«Sissignore».

«E non hai paura di niente?»

«No, Mister. P... posso combattere d... draghi e b... baciare le r... rane».

«Benissimo... e sei convinto che a storto c'è qualcosa di monte, ovvero non ti va come vanno le cose nel mondo?»

«S... sì» rispose Michele, chiedendosi cosa poteva essere quella cosa che stava storta sul monte.

«Allora, in definitiva, sei disposto a combattere per la d.e.d.o.?»

«Dedooo?» esclamò Michele.

«d.e.d.o., Mik» disse severo Mister Kakkolen. «d.e.d.o.!»

Michele stette un attimo in silenzio. Poi, giacché non poteva fare altro, raccolse tutte le sue forze, e, con un filo di voce mormorò: «Sì...».

«Perfetto» esclamò Mister Kakkolen soddisfatto. «Ne consegue che possiamo proseguire... Fur Fur?»

«Cuccisì, Mister?»

«La pagina della formula!»

«Tremilauno, Mister».

Mister Kakkolen sfogliò il librone.

«... Duemilanovecentonovantanove... tremila... Tremila e due... Fur Fur!»

«Sì, Mister?»

«Manca la pagina che ci serve!»

Il Furetto alzò le spalle.

«Saranno stati i cuccitopi. Sono appassionati di cucciicultura».

Michele, legato alla sedia, tirò un sospiro di sollievo. «E allora?» domandò.

Mister Kakkolen chiuse il libro.

«Non possiamo fermarci proprio adesso, da cui si deduce che lavorerò a memoria».

Michele si ricordò quello che gli aveva detto il Furetto: «Mister Kakkolen è molto, ma molto distratto».

Qualcosa di duro gli chiuse la gola. Quasi non riusciva più a respirare.

Mister Kakkolen intanto si era avvicinato alla gabbia. Stava lì con gli occhi chiusi e le mani protese in avanti.

Cominciò a parlare. La sua voce era molto più cavernosa di prima.

«*Farfalla che dalla falla viene a galla, svolazza nella stalla... e... e...*»

Il Furetto lo tirò per la tonaca: «Mister, questa è la cucciricetta duecentocinquanta!».

Mister Kakkolen aprì gli occhi.

«Hai ragione, Fur Fur, stavo per commettere un errore spaventoso. Dunque, uhmm, ricominciamo da capo: *Ciccioburraburrata burra segretissimum transsvolans et ributtantissimus...*»

«Mister» gridò a quel punto il Furetto tirandolo per la tonaca. «Mister, ce un err...»

Mister Kakkolen era troppo assorto per sentirlo.

«... *Ributtantissimus atque untuosissimus per omnia cieli svolazzantur per seculissimis muccimollissime molacchiose ex Ciccio intrepidus. Pimpim lì, pimpilà, la magia sia subito qua!*»

Fin dalle prime parole Michele si accorse che qualcosa stava accadendo nel suo corpo: sentiva un formicolio che dalle dita andava al naso, dal naso alle dita dei piedi; il formicolio diventò sempre più forte, e appena Mister Kakkolen ebbe finito la formula, nello stesso istante Michele si trovò schiacciato contro il soffitto: come se avesse le ali, andava avanti e indietro fra le travi.

Mister Kakkolen riaprì gli occhi.

«Dov'è Mik?» chiese vedendo la gabbia vuota.

«È cuccilassù!» rispose il Furetto, e ridacchiò.

«Mister Kakkolen!» gridò Michele. «Come faccio a scendere?»

«Piega le ali e plana verso il basso».

«Le ali?» ripetè Michele, che ancora non si era accorto di non essere più un bambino.

«Le ali, sì, le cucciali!» strillò Fur Fur. «E attento a non sbattere il muso come fanno tutti i cuccipipis...»

Mister Kakkolen lo zittì con un gesto della mano.

«Come tutti i cosa?» strillò Michele, e guardandosi le sue ex braccia trasformate in ali sentì raggelarsi il sangue nelle vene.

«Scendi» disse perentorio Mister Kakkolen «e non fare storie».

Michele obbedì. Piegò le ali un po' a destra e un po' a sinistra, inclinò il capo verso il basso e iniziò a scendere. Appena riuscì ad atterrare aggrappandosi con le zampe sullo schienale di una sedia, lanciò un urlo di raccapriccio. Aveva visto la sua immagine riflessa come in uno specchio nel video spento di un computer.

«Mister!» gridò. «Sono diventato un pipistrello!»

Mister Kakkolen si lisciò la barba. «Già, un piccolo intoppo erroroso».

«Pi... piccolo i... intoppo?» balbettò Michele, e per un istante si domandò se i pipistrelli erano in grado di piangere.

«Piccolissimo, Mik: invece che in un albatro ti ho trasformato in un pipistrello, ma un pipistrello speciale, anzi, molto speciale».

Michele adesso sentiva le lacrime scendergli dagli occhi copiose e bagnargli il pelo del muso.

«Ma Mister» mormorò tra le lacrime. «Io... io voglio essere un bambino...»

«Stolte pinzillacchere!» tuonò Mister Kakkolen. «L'importante è ciò che si sente dentro, ovvero non ciò che si appare. Per la prima fase del nostro piano d.e.d.o. devi poter volare silenzioso, e dunque vai benissimo anche così».

Michele tirò su rumorosamente con il suo grande naso cartilaginoso: «Ma... ma quando potrò tornare bambino?».

Dentro di sé tremava all'idea che Mister Kakkolen avesse scordato la formula inversa.

«Calma, pazienza e giubilanza, ragazzo mio! Ogni tempo a sua cosa. Intanto però fammi vedere come te la cavi con il volo».

Michele obbedì. Neppure quand'era stato grassissimo si era fatto tanto schifo. Sbatté le ali membranose e svolazzò sopra il tavolo.

Dopo aver virato un paio di volte a varie altezze, atterrò con precisione nel centro del tavolo.

«Come volevasi dimostrare: perfetto!» esclamò Mister Kakkolen e, messa una mano nella tasca della tonaca, tirò fuori un foglio.

«Passiamo alle istruzioni... uhm... uhmm, ecco, dunque: per consolidare i miei consolidati sospetti, dovrai prendere il volo questa sera stessa e volare dritto dritto in città. Orlà soggi ornerai tre giorni, volando di notte e dormendo di giorno, e allo scadere preciso del termine tornerai qua con tutte le informazioni necessarie alla messa in opera del nostro grande piano».

Detto questo, Mister Kakkolen sollevò delicatamente in mano Michele e si avvicinò alla porta del laboratorio.

Michele, che non aveva capito niente, voleva chiedere altre spiegazioni, ma non fece in tempo perché Mister Kakkolen, spalancata la porta, lo buttò in aria come si buttano i colombi ai matrimoni. Quand'era già a una certa altezza gli gridò: «Vai! E ricordati di mangiare le zanzare, ragazzo mio».

«E le cuccimosche!» aggiunse il Furetto.

Poi chiusero la porta, e Michele si trovò all'improvviso solo nella notte.

Per un po' svolazzò confuso sopra la spiaggia; poi, salendo più in alto, vide lontanissima e fioca una luce.

"Deve essere la città" pensò e, con un colpo deciso d'ali, si diresse da quella parte.

Straerrore erroroso!

Essere un pipistrello non era certo piacevole, ma volare, pensò Michele passando sulle prime case della periferia, era piuttosto divertente. Innanzitutto non si sentiva più la pancia. Né la pancia, né le cosce grosse. Bastava muovere un po' un braccio e subito, come fosse di carta velina, andava a destra o a sinistra, poteva salire e scendere in altezza a suo piacimento. Le case, i fiumi, gli alberi, le strade con le auto e le rotaie con i treni erano uguali identiche a quelle dei giochi di costruzioni.

Dopo un po' che volava là sopra, a Michele parve persino impossibile di aver vissuto una volta laggiù come bambino. Provò a pensare quanto tempo era trascorso dall'ultima volta che aveva visto la sua finta mamma e il suo finto papà. Una settimana forse, o forse più di un mese, o un anno intero. Da quand'era fuggito dall'Istituto Acciughini non aveva più tenuto conto del tempo.

Pensando alla sua finta famiglia, all'improvviso

Michele sentì una fitta sotto il folto della pelliccia. Era il cuore.

"Ho nostalgia" pensò Michele, e siccome era stanco e non aveva la minima idea di quali fossero davvero i suoi compiti, decise di fare una visitina a casa sua.

Trovarla non fu difficile. Da lassù si vedeva benissimo il grande centro commerciale dove andava sempre con la mamma a fare la spesa. Più in là c'era la scuola elementare e da lì, dritto avanti, in fondo a un viale di platani, c'era la piccola casetta con il giardino dov'era cresciuto.

Michele si avvicinò svolazzando in silenzio. Nel giardino era cresciuta l'erba, e la sua bicicletta arrugginita era appoggiata al muro. Tutte le imposte delle finestre erano aperte. Grazie alla luce della luna era facile guardare dentro. Michele si posò su un davanzale e appoggiò il muso sul vetro: era la finestra del salotto, e la prima cosa che Michele notò fu un gran disordine e tante scatole di cioccolatini vuote intorno.

"Forse la finta mamma non abita più qui" pensò e, per accertarsene, volò subito alla finestra della stanza da letto.

Invece la vide subito. Per il caldo dormiva sopra le coperte; anche lì intomo c'era un gran disordine, e confezioni di dolci aperte da tutte le parti. Aveva una faccia molto triste.

"Deve essere ingrassata di qualche etto" pensò Michele, e in quello stesso istante si accorse di una cosa incredibile. Sopra la testa della mamma c'era una nuvoletta quadrata come un monitor e, proprio come un monitor che non riesce a prendere il programma, la nuvoletta trasmetteva righe bianche e nere.

"Cosa sarà mai?" si chiese Michele, e restò lì fermo a guardarla.

Poi, a un tratto, in cielo salirono i primi raggi di sole, e la nuvoletta si dissolse come d'incanto. Michele si coprì il muso con un'ala: la luce gli dava molto fastidio.

"Devo nascondermi" pensò, e subito, svelto, volò via dal davanzale.

Michele non era molto informato sulla vita dei pipistrelli; oltre a sapere che facevano schifo, sapeva solo, per averlo visto in qualche telefilm, che di solito dormivano a testa in giù appesi nelle grotte. Il quartiere dove si trovava la sua casa era un quartiere moderno, e di grotte e di anfratti non ce n'era neanche l'ombra.

"L'unico luogo buio e nascosto" pensò Michele "è la cappa del camino". E così, senza perdere altro tempo, volò sul tetto e vi si infilò dentro.

C'era un buio pesto, e le strette pareti erano rese scivolose da grumi di fuliggine. Con molta cautela Michele scese, mattone dopo mattone, fino a che non incontrò una sporgenza: lì si afferrò con le lunghe unghie dei piedi e si lasciò cadere a testa in giù come una camicia stesa sul filo del bucato.

Un po' per la strana posizione, un po' per tutte le cose straordinarie che erano successe nelle ultime ore, non riuscì a prendere subito sonno.

Pensava e ripensava alla nuvoletta che aveva visto sulla testa di sua madre. Non riusciva a comprendere cosa mai fosse. Poi la stanchezza lo vinse e si

addormentò. Dormendo sognò, e sognando capì ciò che non aveva capito da sveglio: la nuvoletta era proprio lo spazio riservato ai sogni! La sua finta mamma dunque sognava righe bianche e nere, cioè non sognava niente.

"Com'è possibile?" si chiese Michele, e in quello stesso momento il suono del telefono gli fece aprire gli occhi.

L'apparecchio era proprio vicino al camino, così Michele sentì tutto benissimo: squillò quattro o cinque volte prima che qualcuno sollevasse il ricevitore. Poi la finta mamma disse: «Pronto?» con una voce molto stanca.

"Dall'altra parte" pensò Michele "ci deve essere il finto papà".

«Nessuna novità?» chiese la finta mamma. «Neanche la polizia? I pompieri? I sommozzatori? Neanche i paracadutisti?»

Ci fu una pausa.

Michele sentì la mamma sospirare: «Oh, Arturo, non ce la faccio più...» tirò su con il naso rumorosamente come non l'aveva mai sentita fare. «Dici che tornerà? Sì, sì caro, ho riempito il frigo di ogni ben di Dio. Anche la dispensa, sì... biscotti, budini, ciambelloni, tonno in scatola, maionese... lecca-lecca... Oh, Arturo, dove mai sarà finito? Ogni volta che per la strada vedo un bambino grasso mi... mi...».

La mamma scoppiò a piangere senza nessun ritegno.

“Parlano di me” pensò Michele, e subito sentì uno strano pizzicorino salirgli al naso e agli occhi. Cercò di trattenersi. Inutilmente. Dopo meno di un secondo un potente sternuto squarciò l’aria, per il contraccolpo le zampe lasciarono la presa e Michele, rapido come un sasso, piombò giù nella cenere del camino.

«Arturo!» disse la mamma al telefono. «C’è qualcosa di stra... Ahhhaaaaahhhhh!»

Il famoso urlo della mamma colpì le orecchie di Michele appena cominciò a svolazzare per la stanza.

«Mammina, sono io» gridò lui allora più forte, e volò verso di lei.

La mamma lasciò cadere di colpo il ricevitore e afferrò una scopa lì vicino.

«Maledetta bestiaccia schifosa. Io ti... ti... distruggo, ti... ti... polverizzo» gridò, e cominciò a dargli la caccia.

La scopa roteava per la stanza come una mazza da baseball. Michele faceva sempre più fatica a scansarla. Aveva il fiato grosso, e sbattendo di qua e di là continuava a gridare: «Sono io, mammina, sono Michele, il tuo elefantino».

Inutile. La mamma non riusciva a sentirlo.

Estenuato, con le ultime forze, Michele raggiunse una finestra aperta, uscì e si posò sul primo ramo. Degli uccellini che stavano lì scapparono via terrorizzati appena lo videro. Michele si appoggiò con la schiena pelosa al tronco: il cuore gli batteva velocissimo e le lacrime, come un torrente di montagna, dal muso scorrevano giù dritte verso la pancia.

«Mister Kakkolen» gridò tra i singhiozzi. «Mister Kakkolen! Frig! Aiutatemi! Voglio tornare bambino!»

Nessuno gli rispose.

Stava scendendo la sera. Nelle case intorno cominciavano ad accendersi le luci, nell'aria si sentiva l'odore delle cucine.

Michele pensò che in fondo quel pasticcio era tutta colpa sua. Se non si fosse fatto investire da Frig del titolo di Cavaliere e non fosse scappato dall'Istituto Acciughini, non gli sarebbe successo proprio niente. Sospirò. Adesso non gli restava che una cosa da fare: compiere il suo dovere di pipistrello.

Si staccò dal ramo con volo leggero e si allontanò dal giardino verso il centro della città. Voleva vedere cosa sognava la gente. Per prima cosa andò al palazzo dove abitava la sua maestra. La scorse dormire su una sedia con il capo appoggiato su una pila di compiti. Sopra di sé aveva una nuvoletta uguale identica a quella della sua finta mamma, cioè non sognava niente.

"Sarà un caso" si disse Michele, e subito volò a controllare i sogni del lattaio. Dormiva con la moglie in un grande letto ordinato. Tutti e due avevano la faccia molto triste e le loro nuvolette erano vuote come un acquario quando muoiono i pesci.

Andò allora dal benzinaio, dal vigile che dirigeva il traffico davanti a scuola, andò dalla ragazza che vendeva i gelati: nessuno di loro stava sognando.

"Sarà un caso" pensò di nuovo, e si trasferì dal suo finto padre.

"Almeno lui" pensò Michele "sognerà delle auto da corsa nuove di zecca".

Il papà russava forte e dormiva arrotolato su se stesso come un insetto: però non sognava niente.

Colto da un atroce sospetto, Michele si affacciò a tutte le finestre che incontrava. Vide dormire decine e decine di persone con nuvolette vuote sospese sulle teste.

Alle prime luci dell'alba si riparò nel campanile della chiesa e lì, appeso sopra le campane, si riposò.

La notte dopo fece lo stesso giro della notte prima, e vide esattamente le stesse identiche cose: non c'era nessun sogno in giro per il mondo.

"Che stranezza!" pensò Michele, e giacché era scaduto il terzo giorno, sfarfallando in aria lasciò la città per raggiungere di nuovo il laboratorio di Mister Kakkolen.

Fu il Furetto il primo a vederlo. Si stava pulendo la pelliccia sulla porta del laboratorio quando Michele, volando pesantemente, virò sopra la spiaggia.

«Mister!» gridò, alzandosi in piedi. «Il cuccipipistrello sta tornando!»

Mister Kakkolen uscì giusto in tempo per vedere il goffo atterraggio di Michele. Gli andò incontro e lo raccolse in mano.

«Allora, ragazzo mio, com'è andata?»

Michele non aveva più fiato, se ne stette per un po' nel suo palmo senza riuscire a dire niente. Poi si drizzò in piedi e disse: «Mister, sono vivo per miracolo!».

E gli raccontò tutta la tremenda avventura che gli era capitata a casa sua.

Mister Kakkolen non sembrava molto interessato al suo racconto. Con la mano libera si tirava nervosamente la barba e faceva "uhmm, uhmmm".

«Ordunque!» commentò alla fine. «Cose banalissime per un pipistrello, cose strabanalose!» e senza aggiungere altro, con Michele in mano, rientrò nel laboratorio.

«È meglio che ti rifocilli prima di raccontarmi il resto» disse una volta dentro e, deposto Michele sul tavolo, accese la grande tastiera del computer.

«Zanzare o mosche?» domandò.

Michele deglutì: «Veramente, Mister» disse mentendo, «non ho molta fame, ho... ho fatto molte merendine in volo».

«Meglio così,» disse Mister Kakkolen «risparmiamo tempo». E subito si sedette di fronte a Michele: «Allora, Mik, hai forse percepito con le tue superorecchie radarate qualcosa da cui si deduce che il piano D.E.D.O ha senso? Ovvero che nello storto c'è qualcosa di mondo?».

Michele sospirò. «Be', Mister,» disse «a dire il vero qualcosa l'ho visto, ma non so se era una fantasia o una cosa che proprio esisteva».

«Ovvero?»

«Così, per caso, ho visto la mia finta mamma dormire e... e... aveva una nuvoletta come un televisore sospesa sulla testa».

Mister Kakkolen sorrise soddisfatto: «E poi?».

«Poi, ecco, be' insomma tutti quelli che dormivano avevano quella nuvoletta e...»

«E cosa si vedeva dentro?»

«Ecco, Mister, la cosa buffa è questa, insomma non si vedeva proprio niente».

«Per tutti gli ultrasuoni del mondo! Ne sei strasicuro?»

«Sicurissimo, Mister! Non c'era niente in quella del benzinaio, né in quella del vigile; era vuota quella della maestra e quella della ragazza che vende i gelati».

Mister Kakkolen schizzò in piedi con le braccia levate al cielo.

«Perreka!» esclamò. «Perreka! Tutti i miei fondi sono sospettati! Cioè, i fondetti sospati, insomma ragazzo mio, per farla breve, per tutti gli elettrodi! Avevo ragione io!»

Michele si guardò la pancia pelosa e le ali trasparenti. Tirò un sospiro: era riuscito a portare a termine la sua missione.

«Allora, Mister,» disse con voce più forte possibile «adesso posso tornare bambino?».

Mister Kakkolen non lo sentì. Era già al lavoro al grande computer, premeva un tasto dopo l'altro, sul video apparivano e scomparivano le immagini e ogni tanto gridava forte: «cvd! cvd!» cioè Come Volevasi Dimostrare.

Michele gli volò sulla spalla.

«Mister,» gli sussurrò in un orecchio «vorrei sapere quand...».

Mister Kakkolen schiacciò un pulsante rosso.

«Pazienza, Mik,» disse «tra un secondo ti spiego tutto».

Michele tremò. Cosa doveva spiegare ancora? Non era forse finita la missione? Non aveva fatto tutto quello che gli era stato detto?

Mister Kakkolen spense il computer e, con Michele su una spalla come un gufo, uscì di casa. Raggiunto il bordo del mare, gesticolando cominciò a parlare.

«Ci sono delle cose che non sai e devi sapere. La storia comincia molto avanti, cioè indietro, insomma per farla breve è una storia lunghissima. Comincia quando comincia la storia, ovvero comincia ancora prima, quando la storia non c'era, ma c'era la Terra. Sulla Terra c'era solo uno sputacchio, una specie di caccola e...»

«Una caccola?» ripeté Michele meravigliato.

«Una caccola, sì, ragazzo mio, ma non una caccola di naso o cose del genere, era... diciamo, sì: era una specie di caccola magica, perché poteva diventare tutte le cose... E infatti, piano piano, andando di qua – zig – andando di là – zag – la caccola è diventata un'alga e poi un fungo, una felce, una palma, poi, insomma, per farla breve è diventata un topo, il topo si è innamorato, sono nati altri topi, dai topi gli elefanti, dagli elefanti le foche e via dicendo, il pianeta è diventato pieno di gente».

«Ma questa, Mister, è la storia dell'evoluzione!» gridò Michele. «La conosco già! L'ho vista alla TV! Che cosa c'entra con il Grande Piano D.E.D.O.?»

«È e non è, ragazzo mio... infatti ci sono alcune cose segretissime che sono note solo a me».

«Allora gli scienziati non sanno tutto?»

«No, Mik: ignorano un piccolo e strafondamentale particolare...»

In quel preciso istante dal mare si levò un vento improvviso e forte. Michele per non volare via dovette attaccarsi con gli unghioni alla casacca di Mister Kakkolen.

«Che particolare è, Mister?» domandò Michele avvolgendosi nelle ali.

«Hai mai sentito parlare dei mostri degli abissi, Mik?»

«Oh, sì, signore, ho visto un filmato sul mostro di Loch Ness e un cartone animato sulla Piovra Divoratutto... ma sono finti, insomma, lo dicono tutti che non esistono...»

«Straerrore erroso! Uno ne esiste ancora e...»

Un tuono violentissimo squarciò l'aria, onde enormi e violentissime cominciarono ad abbattersi sulla spiaggia.

«Come volevasi dimostrare!» gridò Mister Kakkolen piegato in due per il vento. «È meglio che rientriamo nel laboratorio».

Era la prima volta che pioveva da quando Michele viveva laggiù. Non aveva mai visto una tempesta abbattersi in modo così improvviso e prepotente. E quel vento, poi, era tremendamente strano.

«È un cuccivento come un cuccialtro» gli aveva detto una volta il Furetto. Eppure lui era quasi sicuro che mischiati al sibilo ci fossero dei ruggiti.

«A che arrivo ci eravamo appuntati?» domandò Mister Kakkolen appena al riparo.

«Allo straerrore erroso, cioè che un mostro degli abissi esiste ancora».

«Dunque, sì, ascolta bene ragazzo mio, perché questo ti riguarda molto da vicino. Lo sai cos'è l'amore?»

«L'amore, Mister? Be', pressapoco sì: è... è quando due persone si vogliono bene».

«Risposta elementare, Mik! Pensa qualcosa di più succoloso».

Michele si sentiva come a scuola. Cominciò a sudare sotto la pelliccia.

«Be', ecco, la nonna dice... Insomma, fa crescere le piantine nell'orto... e...»

«Cuccifuochin cuccifuochetto» disse Fur Fur che si era appena svegliato sotto il tavolo.

«Esatto, ragazzo mio, proprio così. La nonna fa crescere le piantine nell'orto, da cui si deduce che le piantine non possono crescere senza le cure della nonna. Ribaltando il teorema, la nonna non può vivere senza le sue piantine. Ovvero, insomma...»

«Nessuno può vivere senza amore?»

«Proprio così, ragazzo mio: amare vuol dire prendersi

cura... So per esperienza che persino un tostapane, usato senza amore, muore in poche ore».

Michele rifletté. Si ricordò di un tostapane che l'anno prima la sua mamma aveva vinto a una lotteria. Siccome era di colore giallo e lei non sopportava il giallo, l'aveva messo in un angolo e l'aveva lasciato lì. Quando lui, alcuni giorni dopo, aveva inserito la spina nella presa per farsi un toast, quello aveva fatto *bizz bizz* ed era esploso.

«È vero, Mister!» esclamò allora. «I tostapane non amati muoiono subito... Però... però Mister... se... se uno non lo ama nessuno, ma non ha neanche voglia di morire, insomma, cosa succede?»

«Succede quello che è successo all'Orconte».

Appena pronunciato quel nome, la casa cominciò a tremare come se ci fosse un terremoto. I pochi piatti e i pochi bicchieri caddero dalle mensole e si ruppero in mille pezzi.

«L'Or...» tentò di ripetere Michele, ma subito Mister Kakkolen gli tappò la bocca con l'indice.

«Sssst!» disse. «Non ripetere il suo nome, credo che sia in ascolto...»

«È meglio chiamarlo con un cuccinome finto» suggerì il Furetto.

«Buon'idea, Fur Fur!» esclamò Mister Kakkolen.

«Chiamiamolo...»

«Verme tostato?»

«Merendina? Oppure... oppure Zabaione?» propose Michele.

«No, no...» disse Mister Kakkolen. «Ci vuole qualcosa di più insospettabile... di più serio... Uhm, uhmm, vediamo... Voltaggio... Resistenza... Acceleratore...»

«Maionese? Patate fritte? Salsiccia...?»

«Salsiccia... uhmm... Sì, Salsiccia è perfetto, Mik!»

«Salsiccia! Così crederà che stiamo parlando del pranzo...»

«Insomma, Mister, chi è la Salsiccia?»

«La Salsiccia, Mik, è il più straspaventoso mostro degli abissi. Vive in una fossa profondissima non distante da questa spiaggia».

«Ma Mister,» chiese Michele, che ormai un po' si fidava e un po' no, «come fa a essere sicuro che esiste davvero?».

«Sono o non sono l'interlocutore preferito di tutti i domesticielettrici, di tutti i motori, le parti computerizzate, i fili sparsi e gli elettrodi a zonzo che ci sono nel mondo?»

Michele si ricordò la sua conversazione con Frig. «Oh, sì, Mister».

«E allora, semplice come un ventilatore! Me l'ha detto il radar di un sottomarino affondato lì vicino. Poi, in tutti questi anni, stando qui e ascoltando, registrando, analizzando sono venuto a sapere tutta la sua storia».

«Una cuccistoria tristissima» disse Fur Fur da sotto il tavolo.

«Per farla breve, nessuno ha mai voluto bene alla Salsiccia».

«E perché? È una Salsiccia grassa?» chiese Michele.

«Peggio, molto peggio, ragazzo mio, la Salsiccia è il frutto di un errore della caccola: ovvero è figlia di un'Orca e di un Rinoceronte».

«Ooohh!» esclamò Michele che non poteva immaginare una creatura così mostruosa.

«Al mondo non esistono altri animali simili, ragion per cui non può innamorarsi di nessuno, ed è talmente brutta che, dai tempi dei tempi, vive nascosta nel fondo dell'abisso».

«Si cucciannoia, là sotto» disse il Furetto.

«Già, si annoia a morte, e dato che non può morire, è diventata ferocissima, stracattivosa».

«Ha divorato tutti i cuccibagnanti della spiaggia, le cuccibarche a vela e i pattini, si è scracchiolata il carretto dei gelati e il chiosco delle bibite, e anche due o tre elicotteri che erano andati a cercare le cuccipersone scomparse».

«È spaventoso!» esclamò Michele. Poi tacque, e nel silenzio sentì il suo cuore battere a mille all'ora. Lentamente gli era sorto un terrificante sospetto. Cosa c'entrava lui con tutta la storia della Salsiccia? Perché Mister Kakkolen gliela raccontava con tanti particolari?

Fu Mister Kakkolen a rompere il silenzio.

«Bene» disse. «Ovvero, passiamo allo studio del piano».

Michele sentì all'improvviso le ali accartocciarsi su se stesse.

«Q... quale p... piano, M... Mister?»

«L'ultima parte del D.E.D.O., Mik: come eliminare la Salsiccia per sempre».

«M... ma, M... Mister...» tentò Michele. «N... non ci d... dà n... nessun fastidio».

Mister Kakkolen lo guardò severo negli occhi: «Ragazzo mio, deduco che del tutto ti sfugge il nocciolo...».

Fur Fur saltò sul tavolo e si piazzò davanti a Michele. «Non hai capito, Pip? È lei che cucciruba i sogni».

«Lei?» ripetè Michele.

«Già, proprio lei» annuì Mister Kakkolen gravemente. «Prima avevo solo dei sospetti: chi non sogna, sai, è nervoso, molto nervoso... insomma, c'era troppa gente nervosa in giro per il mondo, così ho capito che qualcosa non andava dritto. Soltanto il tuo ritorno dalla missione però mi ha sciolto il dubitoso alambicco... per farla brevissima: la ladra è la Salsiccia...»

«E perché mai dovrebbe rubarli?»

«Perché cuccisoffre d'insonnia».

«Ovvero ruba i sogni e al posto della gente li sogna lei a occhi aperti».

«Come un televisore sempre acceso?»

«Proprio così, ragazzo mio».

Michele con un'unghiona si grattò la testa. «Ma io cosa...»

«Tu, Mik, ovvero cavaliere Cuore di Ciccia, sei giunto fin qui per eliminare la Salsiccia dal mondo».

Michele sentì il cuore esplodergli nel mezzo del petto come una diga sotto la pressione dell'acqua. Questo veramente non era possibile!

«Ma io» disse con la voce rotta «sono un bambino».

«Errore erroroso: eri un bambino, adesso sei il cavaliere Cuore di Ciccia».

«Ma non so combattere» protestò Michele. «Non ho neanche mai giocato con i soldatini!»

«O mangi quella finestra o salti questa minestra! Quel che non si sa, si impara, ragazzo mio».

Poi Mister Kakkolen avvicinò la bocca all'orecchio di Michele.

«E adesso ascolta».

Blu blu blu, chi ci incontra non sogna mai più

L'Orconte viveva nel punto più profondo dell'abisso, disteso su un sofà di morbidissimi anemoni. Laggiù quasi non c'era la luce, così lui si contornava di decine e decine di pesci elettrici. Il suo aspetto era veramente mostruoso. Aveva una testa da rinoceronte, con un corno enorme e acuminato sulla cima del naso, il corpo e le pinne di un'orca, ma al posto delle pinne laterali c'erano quattro zampine da pachiderma. Sulla schiena gli cresceva una rada pelliccia e aveva gli occhi a cerchi concentrici gialli e rossi. Quand'era furioso, dalle pupille uscivano delle lingue di fuoco. Quando invece rideva, sulla superficie del mare nascevano i tifoni.

Al suo servizio aveva un paio di milioni di sardine e un corpo scelto di polpi giganti. Le sardine gli pulivano la pelliccia, gli spazzolavano i denti e gli soffiavano il naso; tenevano ordinati i sogni in un gigantesco archivio di conchiglie e a un suo cenno della coda li proiettavano su uno schermo gigante. I polpi erano le sue guardie fidate: con i lunghi tentacoli afferravano i malcapitati e li portavano al suo cospetto.

Da un marinaio ch'era riuscito miracolosamente a fuggire si era saputo che, prima di uccidere i prigionieri, chiedeva loro di raccontare una storia. Se la storia lo faceva ridere, invece di scracchiolarseli tra i denti li chiudeva in una grotta marina e li lasciava marcire là dentro fino alla fine dei loro giorni. Aveva una pelle talmente dura che neanche un cannone sarebbe riuscito a scalfirla. Per vincerlo bisognava agire di astuzia.

Michele ascoltò tutto con attenzione, cercando di mandare a memoria ogni singolo particolare.

"In fondo" diceva tra sé e sé per consolarsi, "quando ero un bambino grasso sognavo sempre di sconfiggere dei draghi. Adesso ho addirittura la possibilità di diventare un eroe del mondo intero. Se diventerò un eroe mi vorranno bene tutti, la mamma mi amerà anche se sarò largo e pesante come un elefante!".

Diceva così, ma delle sue parole non era convinto proprio per niente. Sospirò. "Alla peggio," concluse "farò la fine di un sandwich". All'idea dei denti dell'Orconte che scricchiolavano sulla sua schiena come su una caramella alla menta cominciò a tremare dalla punta delle orecchie a quella delle ali.

«Questo è tutto» disse Mister Kakkolen alla fine della spiegazione.

«Vuoi fare ancora qualche domanda?»

«Sì, Mister».

«Dunque?»

«Mister, non crede che sarebbe meglio se prima mi facesse tornare bambino? Sarei più grande e...»

«E più cuccibocconcino» esclamò il Furetto.

«Già, Mik: la Salsiccia adora i bambini, li infilza con il corno e se li cala in bocca, se li sciucciacola tra i denti per ore e ore durante le proiezioni».

Michele deglutì rumorosamente. «Allora...»

«Allora, ragazzo mio, meglio che resti un pipistrello».

«Un cuccischifoso!» incalzò il Furetto.

Mister Kakkolen si alzò dalla sedia e si stiracchiò. «Andiamo a dormire» disse. «Domani dobbiamo alzarci all'alba per compiere l'ultimo piano della parte».

Inutile dire che quella notte Michele non chiuse occhio: un po' non dormì perché era un pipistrello, un po' perché aveva troppi pensieri in testa.

Appeso allo stipite della porta, si vide passare davanti molte scene della sua vita. Per un attimo ebbe nostalgia. Voleva tornare a essere il bambino di sempre, voleva mangiare troppo e farsi sgridare dalla mamma, voleva annoiarsi davanti al computer e passare tutta la notte a chiacchierare con Frig del più e del meno.

Tra un pensiero e l'altro, arrivò l'alba.

Finalmente, Mister Kakkolen e Fur Fur si svegliarono, riposati e freschi.

«Andiamo» disse Mister Kakkolen tutto allegro e, preso Michele in mano, uscì dal laboratorio. Il Furetto li seguiva saltellando.

Camminarono per qualche centinaio di metri lungo la battigia. Poi Mister Kakkolen prese ad annusare rumorosamente l'aria e dopo pochi passi si fermò.

«Questo mi sembra il posto migliore. Che ne dici Fur Fur?»

Il Furetto annusò a sua volta.

«Sì, Mister, lo cuccipenso anch'io».

«Bene, Mik, ora apri le orecchie: io ti lancerò in avanti e tu volerai dritto per centododici metri. Al centododicesimo dirai forte *"Paraplù"*. Se tutto funziona, andrai dritto sotto fino ad arrivare al regno della Salsiccia».

Michele aveva un filo di voce: «Mister...»

«Sì?»

«Però io non so nuotare senza le pinne».

«Ciancio alle bande, Mik, a tutte queste cose ho già provveduto io. Tu dovrai pensare alla Salsiccia e nient'altro».

«Cucciconcentrati!» aggiunse Fur Fur.

«E ora, ragazzo mio...» Mister Kakkolen lo sollevò in alto: «Vaiiii!».

Michele all'improvviso si trovò sospeso in aria, allora cominciò a frullare le ali disordinatamente a destra e a sinistra, poi, regolato il volo, svolazzando si diresse verso l'orizzonte.

Aveva percorso un paio di decine di metri quando Mister Kakkolen lo richiamò.

«Mik» gridò, «Mik, ascolta, mi sono dimenticato di dirti la cosa più straripante!».

Michele rallentò il volo e girò la testa indietro.

«Ricordati che per eliminare la Salsiccia la devi far dormire!»

«La devi far dormire come un cuccisasso» fece eco il Furetto.

Poi con la zampa e la mano in aria lo salutarono una seconda volta.

«Addio, Mik!»

«Addio, cavaliere della cuccicìccia!»

Michele ripartì.

Arrivato al centododicesimo metro disse forte: «*Paraplù!*». E subito, attratto da una forza invisibile, cominciò a sprofondare sotto la superficie dell'acqua.

Per un po', andando giù, vide quello che mille volte aveva visto al mare con la maschera. Pesciolini piccoli che nuotavano in gruppo; qualche pesce un po' più grande, di quelli che si mangiano arrosto; due o tre lattine di bibite; un paio di seppie e un paio di sacchetti di plastica del supermercato. Poi, piano piano, man mano che aumentava la profondità, la luce cominciò a diventare più debole, si vedevano appena delle ombre, poi andò più giù ancora e non vide più niente. Con i piedi, cioè le zampe, toccò qualcosa di morbido e limaccioso.

"Deve essere il fondo" pensò Michele, e siccome era buio pesto e non aveva istruzioni in proposito, si avvolse nelle ali e restò lì fermo ad aspettare. A parte qualche alga lunga e viscida che ogni tanto gli faceva il solletico sulla pancia, nei dintorni non sembrava esserci nessun altro. "Magari" pensò Michele "l'Orconte se ne è andato in vacanza, se ne sta a mollo in un abisso dei tropici e io sono salvo".

Non aveva neanche finito di pensarlo, che in fondo all'oscurità comparvero delle lucine. Michele si accorse subito che invece di stare ferme oscillavano come se fossero le luci di una processione. Aveva l'impressione che avanzassero verso di lui.

"Impossibile che mi abbiano visto" pensò Michele, comunque, per precauzione, indietreggiò ancora di più nel buio più buio. Da lì continuò a guardare. Era vero, stavano proprio venendo dalla sua parte. Adesso si sentivano anche dei rumori: sciacquettii e strane voci che sembravano cantare una specie di canzone.

Ecco, ora cominciava a vederle. Erano decine e decine di sardine. Contornate da pesci elettrici nuotavano in ordinate coppie reggendo tra le pinne delle grandi conchiglie.

"Devono essere loro," pensò "le fedelissime dell'Orconte; con ogni probabilità stanno trasportando i sogni rubati la notte scorsa".

Ormai erano vicinissime. Michele capì che per arrivare alla reggia dell'Orconte non aveva altra scelta che seguire il corteo.

Immobile nel buio attese che tutte le sardine gli sfilassero davanti. Appena fu passata l'ultima, contò fino a venti, poi con movimenti cauti uscì dal buio e si mise a seguire la loro scia luminosa.

Nuotarono per un bel po'. Michele stava molto attento a non urlare quando le alghe molacchiose del fondo gli sfioravano il corpo, e a non fare movimenti bruschi che denunciassero la sua presenza. Ogni tre colpi d'ala si guardava intorno per vedere se per caso ci fosse qualche polpo.

Blu blu blu,
le sardine noi siam del profondo.
Blu blu blu,
chi ci incontra non sogna mai più.

Cantavano le sardine.

A un tratto curvarono tutte sulla destra, poi sulla sinistra e ancora sulla destra.

"Dobbiamo quasi esserci" pensò Michele, e infatti dopo un secondo il corteo cominciò a rallentare e, dopo un altro, secondo si fermò.

La Sardina Capo, preceduta da un pesce elettrico, si allontanò di tre pinne dal gruppo, si mise sull'attenti, si schiarì la voce e disse: «*Abracadrù, apriti in giù!*».

Sotto la sua coda immediatamente comparve una grandissima saracinesca di madreperla che, facendo mille bollicine, cominciò ad aprirsi. Appena si fu tutta arrotolata, le sardine, in ordinato ordine, senza smettere di cantare, a due a due si infilarono dentro.

Dopo che l'ultima fu scomparsa, la saracinesca restò aperta.

"Può essere una trappola" pensò Michele. Attese un po', poi, dato che non succedeva niente, decise piano piano di avvicinarsi.

A parte una vaga luminescenza multicolore, simile a quella che fanno i proiettori al cinema, non si vedeva proprio niente.

Com'era possibile che nel punto più basso dell'abisso si aprisse un altro abisso? Dove finiva? Dall'altra parte del mondo? Oppure, appena sotto, dopo alcuni cunicoli si apriva una grotta smisurata? Era lì che dai tempi dei tempi viveva l'Orconte?

Mentre stava pensando tutto questo, all'improvviso dal foro uscì un fascio luminoso più forte, sembrava un faro o qualcosa del genere, e nel silenzio intorno esplose un verso terrificante.

«Iaaaaahaiahaaaaasgancsgnacsgurglesganccc».

Michele rimase così colpito da quell'urlo che non si accorse che, alle sue spalle, stava arrivando una comitiva di tonni in gita turistica. Erano più di venti, con zainetti e macchine fotografiche, e nuotavano velocissimi. Passando accanto a lui provocarono un grande spostamento d'acqua. Michele sentì qualcosa di forte che lo spingeva da dietro, il terreno all'improvviso gli mancò sotto le zampe, cercò di mantenersi in equilibrio spalancando le ali, le sbatacchiò a destra e a sinistra, tentò con i denti di afferrarsi a un'alga...

Fu tutto inutile.

La voragine ormai si era aperta sotto di lui e veloce come un sasso stava precipitando verso il fondo.

Cadde, cadde e ancora cadde. Poi, quando già era convinto di aver passato la Terra da parte a parte e che di lì a poco sarebbe uscito da qualche tubatura della Nuova Zelanda, all'improvviso urtò qualcosa di elastico.

Rimbalzò due o tre volte. Alla quarta un tentacolo gli si avvolse intorno al collo e Michele capì quel che era successo: era caduto addosso a un polpo, una delle Guardie Fidate dell'Orconte. Allora gridò subito: «Sono un amico», ma il polpo, invece di rispondergli, si mise in cammino saltellando sulle lunghe zampe verso la luce in fondo al cunicolo.

Come Michele aveva sospettato, alla fine del tunnel c'era una grande sala. Era illuminata da una cinquantina di pesci-torcia e vicino a una parete c'erano cinque o sei granchi in divisa da camerieri. Ognuno di essi aveva in mano un vassoio d'argento; il polpo lasciò cadere Michele proprio su uno di questi e se ne andò.

Il Granchio Cameriere, con la chela libera, sistemò subito Michele come se fosse stato un pollo arrosto, poi con passi solenni e lenti si avviò verso un grande portale di madreperla.

«Sono fritto» mormorò a quel punto Michele, che non vedeva via di uscita.

«Cludo, no flitto» rispose il Granchio, che parlava come un cinese. «Sua Maestà divola soltanto cose clude».

«Sono crudo» mormorò allora Michele e in quel momento l'enorme porta di madreperla, senza che nessuno la toccasse, lentamente cominciò ad aprirsi.

Al loro ingresso furono accolti da un coro di sardine.

«*Perepepà!*» cantarono i pesci. «*Perepepà! Sua Maestà, la nuova pietanza è qua*».

Pietanza? Michele rabbrividì, non era abituato a sentirsi chiamare a quel modo. Poi si fece coraggio e alzò lo sguardo. Davanti a lui si vedeva soltanto un grande muro a strisce bianche e nere e... non... No! Possibile che...? Michele guardò meglio.

Straspaventoso orrore!

Non era un muro, ma la pancia dell'Orconte! Oh, neanche nelle fantasie peggiori aveva potuto immaginare una cosa del genere!

Era grande come una piramide egiziana, e mucillaginoso come una gelatina di lamponi malriuscita. Sulla cima di quel corpo gigantosamente molle oscillava una testolina con un gran corno, orecchie d'asino e occhi da maiale iniettati di sangue.

La lingua, rossa come il fuoco, pendeva sempre fuori, e una cascatella di bava gorgogliando colava da lassù fino alla pancia. Al posto delle pinne, ai lati del ventre, pendevano quattro piccoli vermi agitati simili a zampe, mentre qua e là sul corpo sbucavano delle chiazze di pelliccia scomposte, irsute e inanellate di caccole.

L'Orconte non si accorse subito della presenza di Michele e del Granchio perché era assorto in una proiezione di sogni. Dall'espressione del muso sembrava piuttosto divertito: Michele si voltò verso lo schermo.

Si vedeva un signore distinto in giacca e cravatta che scappava su e giù per le scale di un grattacielo. Dietro di lui c'era una piovra con tre teste color verde pisello e un grembiule da cucina indosso che cercava di afferrarlo con i tentacoli. Non appena il signore, per sfuggirle, con un grido terrificante si gettò nel vuoto, l'Orconte scoppiò a ridere sventolando le zampine in aria: «Lahaiagrriiahahaaaaaah!».

Senza interruzione seguì un altro sogno. Apparve un salotto, e appena fu comparso Michele sentì qualcosa stringergli il cuore. Possibile? Quel salotto sembrava proprio il salotto di casa sua e...

E infatti, dopo un secondo comparve sua madre. Era più grassa che nella realtà, aveva le mani sporche di farina e camminando dondolava i fianchi come Mamma Oca. Qualcuno aveva suonato alla porta e lei stava andando ad aprire.

"Chi sarà mai?" si chiese Michele.

Appena la porta si aprì fece un salto sul vassoio. Era lui stesso, lui in persona, Michele! Era incredibile, ma quello che successe dopo èra ancora più incredibile. La mamma gli si tuffava addosso e lo baciava e lo abbracciava come non aveva mai fatto. Poi, senza dire niente, sorridendo lo portava in cucina e lì insieme cominciavano a mangiare una torta appena fatta.

Michele sentì la commozione salirgli in gola: questi dunque erano i veri sogni della mamma! Quelli che l'Orconte le aveva rubato! Altro che diete! Altro che footing! Povera mamma! Per questo era sempre così nervosa!

Mentre Michele era assorto in queste riflessioni, l'Orconte sbadigliò forte: «Uaunnnn... che noia!» esclamò. «Un sogno edificante dove non succede niente» e subito, con un cenno della minuscola zampetta, diede ordine di interrompere la proiezione. «Le storie edificanti mi mettono una fame tremenda» commentò e, detto questo, guardò cos'aveva sul vassoio il Granchio Cameriere.

Michele, a quel punto, si mise dritto in piedi, spalancò le ali e con quanta voce aveva declamò: «Buongiorno, Sua Grandissima Maestà!».

L'Orconte scoppiò subito a ridere: «Jahahaiagrrrahahh».

Le pareti della sala tremarono come per un terremoto.

«Chef!» ululò sghignazzando. «Da quando in qua le pietanze parlano?»

Il Granchio era molto imbarazzato: piegando due

chele in avanti, fece un umile inchino. «Sua Maestà Insonnissima,» declamò «tlattasi di una pietanza lalissima e plelibatissima!». Con una delle sue pinze, afferrò delicatamente un'ala di Michele. «Osselvate, Vostla Glandiosa Insonnia: involuclo di cioccante pastasfoglia simile a cannolo, dentlo un lipieno di molbida pelliccia e viscele glassocce, e pel finile... voi-là!» sfiorò le zampe e il muso di Michele. «Agli estlemi gualnitule di malzapane della specie più fina».

L'Orconte agitò le sue zampette vermose in avanti.

«Uhmm...» fece. «Uhmm... la sola descrizione mi fa venire l'acquolina in bocca!»

Il Granchio si inchinò una seconda volta: «Non vi lesta che plovalla, Maestà! Vi assiculo che salà una gladitis-sima solplesa».

«E sia!» tuonò l'Orconte. «Portatemela in alto».

A quell'ordine due polpi velocissimi piombarono sul vassoio e reggendolo con i tentacoli lo trasportarono all'altezza della bocca del mostro.

«Sua Insonnissima Grandezza è servita!» declamarono all'unisono.

L'Orconte sporse il naso verso il vassoio e fece *snuffle-snuffle* un paio di volte.

«A dire il vero» tuonò dopo «l'odore non è dei migliori».

Michele chiamò a raccolta tutto il coraggio che aveva: «Maestà!» gridò. «È vero, non mi lavo da più di tre mesi!»

Subito i polpi per precauzione allontanarono il vassoio di un paio di metri dal naso del loro padrone.

«... E non solo!» proseguì Michele. «Sono anche un tritaspazzume».

«Un tritache?» esclamò l'Orconte.

«Un tritaspazzume, Maestà. Divoro tutti gli avanzi che trovo intorno: ossa di pollo putride, avanzi di lasagne con la muffa, carta igienica usata e...»

I polpi allontanarono il vassoio di ancora un po'. L'Orconte rise rumorosamente un'altra volta.

«Meravigliosissimo!» tuonò. «Allora sei farcito! Adoro le cose ripiene di sorprese! Scricchiolano sotto i denti con mille sapori!» e, detto questo, con una zampina si turò il naso e con l'altra afferrò Michele per le ali. Michele vide aprirsi sotto di sé un antro spaventevole con denti enormi e una linguaccia rossa come il fuoco.

"Sono spacciato" pensò e chiuse gli occhi.

Dopo un secondo sentì sotto i suoi piedi l'umidità rugosa delle fauci e, in quell'istante, come per miracolo gli tornarono in mente le istruzioni di Mister Kakkolen.

«Sire!» gridò con quanta voce aveva. «Vostra Serenissima Insonnia! Prima di mangiarmi non vorreste sentire una storia?»

L'Orconte srotolò subito fuori la lingua con Michele sopra.

«Uhmmmgrr, hai detto storia?»

«Sì, maestà, storia. Ne conosco di bellissime, storie che non conosce nessun altro...»

«Uhmmm. Storie edificanti?»

«No, Maestà».

«Uhmm, storie di persone che si vogliono bene?»

«Oh no, per carità!» gridò Michele come se la cosa gli facesse orrore.

«E sia!» tuonò allora l'Orconte, e fece tremare la lingua come un trampolino elastico.

Michele cadde dritto ai suoi piedi.

«E sia» ripeté. «Ma bada bene che se si tratta di una storia che conosco già farai una fine ben più spaventosa che essere mangiato».

Michele deglutì. Al posto dello stomaco sentiva una palla di fuoco. In realtà lui non conosceva proprio nessuna storia, non era mai neanche stato capace di ripetere le barzellette che sentiva a scuola.

I pensieri correvano velocissimi. Per salvarsi e salvare i sogni del mondo doveva raccontare una storia così lunga e noiosa da far dormire.

Quando lui non riusciva a prendere sonno, immaginava una fabbrica di merendine, contava tutte le merendine appena uscite dal forno. Era un sistema che non aveva mai fallito.

"Devo raccontare una storia di numeri" pensò.

«E allora?» ringhiò l'Orconte. «Comincia o no questa storia?»

Michele si drizzò in tutta la sua altezza e si schiarì la voce.

«C'era una volta un pesce rosso» declamò «che viveva in una boccia di cristallo. Un giorno il suo padrone gli cambiò l'acqua e lui scivolò giù dritto per il tubo del lavandino. Il padrone era convinto che gli fosse scivolato di mano, mentre in realtà il pesce aveva fatto un guizzo e si era tuffato apposta nello scarico, perché era stufo di stare nella boccia a guardare il suo muso riflesso nel vetro. Aveva voglia di vedere il mondo. Precipitò giù per i sei piani del palazzo e planò dritto nelle fogne sotto casa.

La prima persona che incontrò fu un topo.

"Chi sei?" gli chiese. *"Non ho mai visto un pesce già cotto nel pomodoro".*

"Sono un pesce rosso" disse allora il pesce *"e..."*».

«E se lo mangia! Sgnacsgnac» tuonò l'Orconte, che pensava che tutte le storie dovessero finire allo stesso modo.

«*"... e voglio vedere il mondo"*» proseguì Michele «*"cioè andare a conoscere tutti i miei fratelli e cugini lontani".*

"Allora devi andare al mare" disse il topo e, dopo avergli mostrato la direzione giusta si allontanò agitando la coda.

Il pesciolino nuotò e nuotò e nuotò e alla fine, con lo scarico delle fogne, finì in mare. La prima persona che incontrò in mare fu un barattolo di bibita vuoto.

"Sto cercando i miei parenti" disse il pesce.

"Ce l'hai l'indirizzo?" chiese il barattolo.

"Credo sia il mare" rispose il pesce.

"Ma, ragazzo mio," sbottò il barattolo di aranciata *"nel mare ci sono ventitrestramiliardi di cose che nuotano. Due stramilioni di sardine argentate, cinquecentottantamila miliardi di saraghi, ventitremilaottocentodue milioni di testuggini, quarantacinquemilacinquecento ippocampi e...".*

"Grazie signore" disse il pesce che già cominciava ad annoiarsi e, muovendo le pinne svelto, si allontanò dal barattolo...

Nuotò, nuotò e nuotò ancora, e dopo un paio di giorni incontrò un sacchetto di plastica.

"Ma tu sei un pesciolino domestico" disse il sacchetto che fino a poche settimane prima aveva vissuto in una casa.

"Lo ero" rispose il pesce *"ma adesso sono in libera uscita: voglio vedere se sono l'unico pesce rosso al mondo..."*».

Michele, raccontando, non perdeva d'occhio la situazione circostante. Gli sembrava che le palpebre dell'Orconte fossero già un po' scese, mentre le zampine della pancia, anziché muoversi come prima, stavano ferme. Proseguì con più coraggio ancora.

«*"Il mare è grande"* rispose il sacchetto di plastica, che siccome aveva contenuto dei libri sapeva molte cose. *"Le possibilità che tu trovi un pesce identico a te sono una su stradiecimiliardi! Statisticamente assolutamente improbabile!"* sospirò il sacchetto».

A quel punto nella sala si udì uno scricchiolio di porta arrugginita: erano le mandibole dell'Orconte che si erano aperte in uno sbadiglio.

«Uaaahhunnn» disse con voce pigra. «In questa storia non succede niente...»

«Un momento, Sua Maestà!» gridò Michele. «Adesso succede qualcosa di tremendo».

«Uauuhhnnn... E cioè?»

«Il pesciolino incontra un mostro grandissimo, spaventoso, insomma, una balena».

L'Orconte sbadigliò una terza volta, si grattò la gola con una zampa.

Proseguì Michele: «Ecco il pesciolino nuota e nuota e nuota ancora e dopo aver svoltato l'angolo va a sbattere contro una balena addormentata. La balena apre gli occhi, lo vede e dice: *"To', un tenero pesciolino d'acquario"* e subito spalanca la bocca per mangiarlo.

Il pesciolino passa dritto in mezzo ai fanoni e arriva in gola.

Quand'è lì, la balena grida: *"Un momento!"* e lo sputa fuori un'altra volta. *"Di' un po',"* gli dice *"non è che per caso conosci le tabelline?"*».

(Michele non conosceva nulla di più noioso delle tabelline).

«*"Certo,"* rispose il pesce rosso, che aveva vissuto a lungo nella stanza di un bambino *"le conosco benissimo"*.

"Allora fammi un piacere" disse la balena. *"Mettiti qui, dietro i fanoni, e conta tutti i pesci che divoro in un giorno. Sai,"* aggiunse imbarazzata la balena *"sono sovrappeso, e siccome non vedo quanto mangio, non riesco a mettermi a dieta... D'altra parte, se non dimagrisco, la stagione prossima non riuscirò a fare neppure un salto fuori dall'acqua per spaventare i turisti..."*.

Il pesciolino ubbidiente si sistemò subito nella sua bocca e iniziò a contare. Al termine della giornata si avvicinava all'orecchio della balena e le diceva tutto ciò che aveva mangiato».

«Uaunnn... e quanto mangiava?» chiese l'Orconte che voleva sapere se c'era qualcuno capace di mangiare più di lui.

A quel punto Michele incominciò a enumerare tutto ciò che era finito nella bocca della balena. Declamò a voce alta tutte le tabelline, da quella dell'1 a quella del 2001, aggiungendo dopo ogni cifra il nome di una specie di pesce. Alla tabellina del 1250 per la prima volta l'Orconte chiuse gli occhi. Li riaprì dopo poco, ma con grande sforzo.

Michele contò, senza mai fermarsi, per tre notti e tre giorni interi.

All'alba del quarto giorno l'Orconte, morto di noia e di sonno, si inclinò lentamente da un lato e mormorò: «Mangia più lei».

Poi, con un tonfo fragoroso, cadde al suolo.

Un bambino magro

Quel che successe immediatamente dopo fu quasi incredibile. Ci fu un boato, e al boato seguì uno spaventoso spostamento d'acqua.

Michele, sballottato qua e là dalle violente correnti, vide che il corpo dell'Orconte si era trasformato in un'enorme bolla di sapone dai mille colori. La bolla iniziò subito a crescere.

Cresceva e cresceva, e crescendo inglobò tra le sue pareti luccicanti anche Michele. Poi, quando ebbe riempito tutto lo spazio della sala, lentamente, barcollando, simile a una mongolfiera, iniziò a salire.

Michele galleggiava lì in mezzo come un paracadutista nel mezzo del cielo. All'interno della Grande Bolla, assieme a lui c'erano migliaia e migliaia di minuscole bolle: erano bollicine coloratissime con dentro tante cose in movimento come fossero piccoli schermi. Michele capì subito che si trattava dei sogni che l'Orconte in quegli anni aveva rubato alla gente. Piano piano, barcollando tra gli sguardi curiosi dei delfini e dei tonni, la Grande Bolla arrivò sulla superficie del mare. Lì

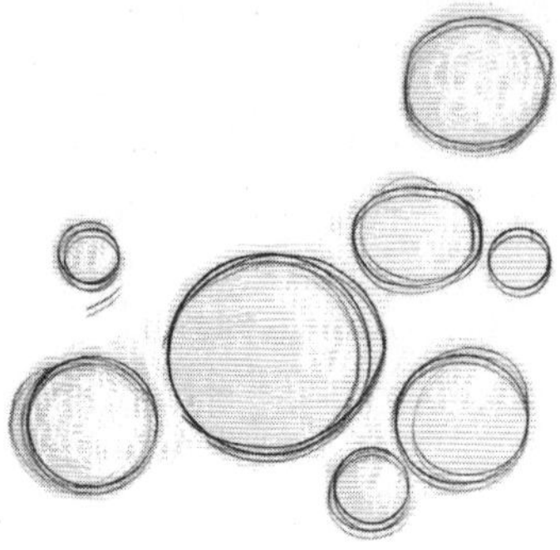

ondeggiò per un po' indecisa sul da farsi; poi, grazie a una sferzata di vento maestrale, si staccò dall'acqua e con dentro Michele e tutti i sogni si avviò verso le nubi.

Allora Michele vide sotto di sé il mare con le barche e poi la spiaggia con i bagnanti, l'intera costa e tutte le regioni boscose che c'erano dietro. Vide la sua città e i villaggi intorno, l'autostrada e la rete ferroviaria con i trenini che vi correvano sopra. Quando la Bolla salì ancora vide per la prima volta l'Italia intera come l'aveva vista solo sull'atlante di scuola e poi tutta l'Europa e il mondo: una palla blu e verdina avvolta in una fitta nebbia.

«Aiuto!» gridò a quel punto. «Aiuto! Mister Kakkolen voglio scendere! Mi tiri giù!!!»

Nessuno però gli rispose e le parole rimbalzarono indietro come un'eco in montagna. Faceva molto freddo lassù: Michele, per scaldarsi, ripiegò le sue ali membranose intorno al corpo. Si stavano avvicinando alla superficie della Luna a gran velocità.

"Non posso far altro che aspettare che tutto finisca" si disse, e sospirò forte. Già, ma dove sarebbe finito? E perché Mister Kakkolen e il Furetto lo avevano abbandonato? E Frig? Possibile che Frig non desiderasse vederlo tornare a casa sano e salvo?

Michele rimase immerso per un po' nei suoi pensieri, con gli occhi chiusi. Quando li riaprì, si accorse che intorno alla Bolla c'erano decine e decine di palloncini colorati. Ne riconobbe uno che un giorno gli era appartenuto.

«Ecco dove finiscono i palloncini che scappano di mano» esclamò allora.

In quello stesso istante la bolla fece *flop* ed esplose.

Le bolle dei sogni, subito, rapidissime, cominciarono a disperdersi per l'aria correndo come pazze da tutte le parti, mentre lui, altrettanto velocemente, iniziò a precipitare verso il basso.

Ripercorse così tutta la strada che aveva fatto poco prima. Vide il mondo, l'Europa, l'Italia, il mare, la costa, gli alberi, i villaggi e la sua città. Quando tra tutte le case scorse la sua, decise di rallentare la caduta: spalancò le ali e con gran sorpresa si accorse che erano diventate braccia. Guardò in basso: anche le zampe erano diventate due gambe sottili e forti.

«Sono di nuovo un bambino!» gridò allora Michele, continuando a cadere. «Sono un bambino magro!»

Ormai la sua casa era vicinissima. Si scorgevano perfettamente le aiuole con i fiori e la bicicletta posata al muro.

"Come farò a fermarmi?" pensò Michele, mentre l'aria gli fischiava nelle orecchie. "Non posso spiaccicarmi proprio adesso!"

Mancavano non più di cinquanta metri quando Michele vide sotto di sé il tappeto elastico della mamma.

C'era anche la mamma che, in tuta da ginnastica, vi stava salendo.

"È lì che devo cadere" si disse allora Michele, e subito, annaspando con le braccia e le gambe, riuscì a portarsi sulla traiettoria del tappeto.

Toccò terra nell'istante stesso in cui la mamma stava spiccando un salto.

«Michele!» gridò la mamma e gli sfrecciò davanti.

«Mamma!» gridò lui e tese le braccia per afferrarla. Non riuscirono neppure a sfiorarsi. Saltando a ritmo alternato si incrociarono una ventina di volte.

«Dove sei stato?!» gridava la mamma piombando in basso.

«È una lunga storia» gridava Michele schizzando verso l'alto.

«Mamma!»

«Michele!»

Se non ci fosse stata una vicina di casa curiosa, con ogni probabilità Michele e la mamma avrebbero continuato a saltare avanti e indietro sul tappeto fino a diventare vecchi. Invece la vicina ficcanaso appena li vide chiamò i pompieri.

I pompieri con i camion rossi e le sirene arrivarono quasi subito, innalzarono nel giardino una scala altissima, e da lì un pompiere che sembrava un cowboy lanciò il lazo e in un sol colpo catturò Michele e la sua mamma.

Intanto si era radunata una piccola folla e tutti erano molto commossi.

«Evviva il bambino che è tornato a casa! Evviva, evviva!» gridarono alcune vecchine sventolando in aria i fazzoletti bianchi.

Michele, come un eroe, prima di scendere dal tappeto si inchinò e ringraziò tutti; poi con la mano nella mano della mamma rientrò a casa lasciando tutti i vicini fuori ad applaudire.

Lì, in cucina, trovò la tavola apparecchiata con ogni ben di Dio. C'erano patatine fritte e torte appena fatte, bignè e cannoli, popcorn, ciambelle, budini

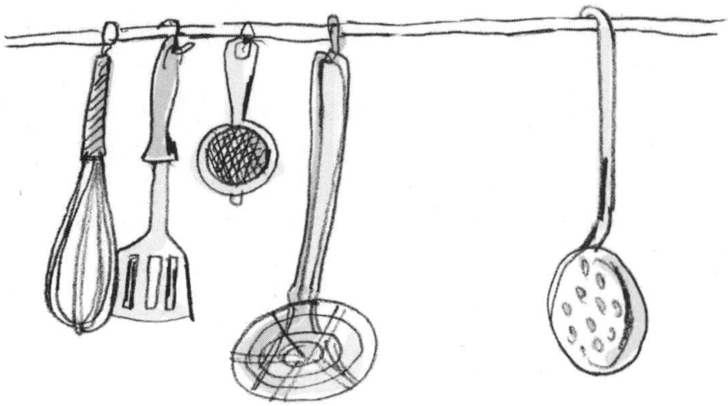

e scatolette di tonno. Frig luccicava trionfante in un angolo.

«Ciao, Frig!» lo salutò allegramente Michele. «Missione compiuta!»

Appena si fu seduto, la mamma gli passò una mano nei capelli.

«Oh, Michele!» disse sospirando, con la voce che le tremava come se stesse per scoppiare a piangere. «Ancora non mi pare vero che sei qui». Si passò una mano sul viso e continuò: «Ma lo sapevo. Non ci crederai ma sapevo che saresti tornato, perché questa notte ho fatto un sogno, insomma ho sognato che cadevi sul tappeto proprio come sei caduto. È buffo ma era tanto tempo che non mi capitava di sognare».

Michele sorrise senza dire niente e affondò il cucchiaio nel budino più vicino.

La mamma gli si sedette di fronte e lo guardò mangiare con appetito. Quando ebbe finito il budino gli porse il ciambellone.

«Mangia» gli disse baciandolo sulla fronte. «Sei così magro».

Michele tagliò una fetta e osservò la mamma. Durante la sua assenza le erano venute delle braccia tonde e morbide, e la faccia si era trasformata in una piccola luna splendente. Gli occhi erano stelle.

Michele scrutò il suo volto nello specchio dietro la tavola, scrutò il proprio volto e poi ancora quello della mamma. Sì, non c'erano dubbi: adesso che era più tonda non sembrava più un teschio, ma somigliava a lui come una goccia d'acqua.

"È proprio la mia vera mamma" disse dentro di sé Michele e, lasciando la torta nel piatto, scese dalla sedia e andò ad abbracciarla.

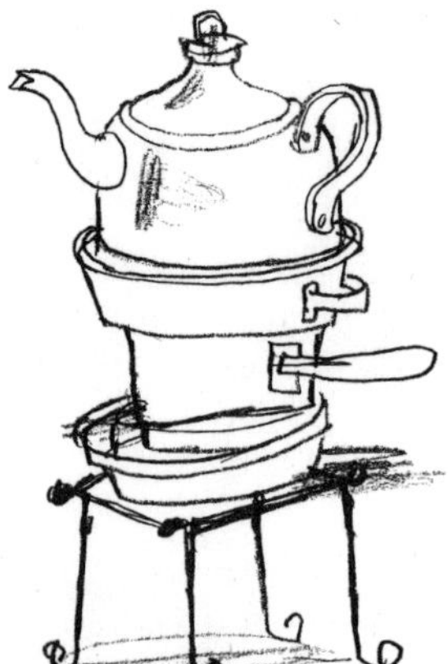

Indice

IN COLLANA

SIMON SCARROW
Il Gladiatore - La lotta per la libertà
Il Gladiatore - Guerra di strada
Il Gladiatore - Il figlio di Spartaco
Il Gladiatore - Vendetta

A. ZHVALEVSKIJ, E. PASTERNAK
Tutto può cambiare

GIUSI QUARENGHI
Io sono tu sei

LUCIA TUMIATI
La casa in fondo al mare
Saltafrontiera

SARA PENNYPACKER
Clementine
Che talento, Clementine!

LUISA MATTIA
Merlino - Il destino di un giovane mago
Merlino - Il cerchio del futuro
Merlino - La magia di Stonehenge

KARL BRUCKNER
Il gran sole di Hiroscima

KATE DICAMILLO
Lo straordinario viaggio di Edward Tulane
L'elefante del mago

MARTINO FERRO
Vanity Ves
Il Lago dei Quattro Vulcani

DOMENICA LUCIANI
Vacanze al faro maledetto

Vacanze al cimitero

Il Mistero della Città Fantasma

SILVANA DE MARI
Hania - Il cavaliere di luce
Hania - La strega muta

AIDAN CHAMBERS
Ladre di regali

NATALIE JANE PRIOR
Lily Quench e la Regina Drago

GORDON MAGLOIRE
Aton - Il passato che brucia

Aton - L'ultimo sortilegio

Aton - Il cuore dell'eroe

LAURA ORVIETO
Storie della storia del mondo

DAVID WALLIAMS
Campione in gonnella
Mr Stink

TASCABILI ragazzi

DOMENICO VOLPI
Re Artù e i Cavalieri della Tavola Rotonda

NIELS GRÅBØEL
Gli amici invisibili

GUIDO SGARDOLI
Kaspar, il bravo soldato
Eligio S. I giorni della ruota

PINA VARRIALE
Mai con la luna piena

ANGELA NANETTI
Due stagioni

SOFIA GALLO
Io e Zora

SUSANNA TAMARO
Il grande albero
Cuore di ciccia

MARIE-AUDE MURAIL
Nodi al pettine
Mio fratello Simple

ANNA LAVATELLI
Gastón e la ricetta perfetta

MATTHEW DICKS
L'amico immaginario

DINO TICLI
Il segreto dei Ciclopi

LAURA AMY SCHLITZ
Incantesimo di fuoco

ERMANNO DETTI
Estrella

SILVIA VECCHINI
Le parole giuste